C000008938

LA ROUSSE QUI CROYAIT AU PÈRE NOËL A 39 ANS

SUZANNE MARTY

© 2013 Sandrine Lemercier
ISBN : 978-2-9547618-8-6
Dépôt légal : août 2015

Calligraphie du titre : Rena Violet
Photos : © Patrizia Tilly – Adobestock
© Jess – Pexels

Maquette et couverture : Sandrine Lemercier

« *Be yourself.*
Everyone else is already taken »
Oscar Wilde

« *Pourquoi n'essaies-tu pas*
de n'être rien qu'une fois toi ? »
Téléphone

À murberlem, Céline et Antoine

FLAMME

Je suis une célibataire française du XXIe siècle. Rousse. Je ne bois pas, je ne fume pas, je ne me drogue pas, j'évite le soleil à cause de mon teint cachet d'aspirine et par peur du vieillissement. Je ne suis pas du matin, pas du soir non plus. Je suis opérationnelle entre 11 heures et 22 h 30. Avant je ne suis pas réveillée, après je dors, au milieu je rêve.

Je m'appelle Flamme. Ou Cendrelle. Comme vous voulez. Je suis abstinente depuis dix ans. Pas par choix ou vocation, c'est comme ça. Seul choix que j'ai réellement fait après quelques relations désastreuses : vivre seule plutôt que mal accompagnée, arrêter le sexe pour ne plus faire l'amour qu'avec un grand A. C'était ambitieux et romantique... Si, par un concours de circonstances que je n'arrive pas vraiment à imaginer, un homme se retrouvait ce soir dans mon lit, je crois que je ne saurais plus quoi faire avec lui. Et si, par une sorte de miracle, ledit spécimen mâle s'avisait de vouloir vivre avec moi, je me demande bien à quoi il me servirait.

J'ai erré pendant six années d'école en université. Je ne savais pas quoi faire après le bac, alors j'ai cherché. À dix-sept ans je visais une carrière brillante, à vingt ans un boulot rentable, à vingt-trois ans un boulot qui me plairait un minimum, à trente un boulot qui me plairait un maximum. Aujourd'hui, j'aimerais avoir du boulot tout court.

À trente-neuf ans, je me demande comment j'en suis arrivée là.

LA QUARANTAINE

*D*ans six mois, j'aurai quarante ans. Enfin il
paraît. C'est en tout cas ce que prétendent
ma mère et l'état civil. Pour ma part, je trouve cela
surréaliste. C'est bien simple, je n'y crois pas. Les
magazines féminins – qui affichent en permanence
des donzelles de quinze à dix-sept ans dans leurs
pages – regorgent d'articles nous incitant à « aimer »
notre âge, à le clamer haut et fort : « Oui, j'ai
quarante ou cinquante berges. Et j'en suis fière ! »
Mon cul, oui !

Moi, je n'aime pas du tout mon âge. Il ne me
ressemble pas. Quand je révèle mon année de nais-
sance à un homme plus jeune qui n'y avait vu que du
feu, il me considère soudain avec un air mi-gêné mi-
horrifié, comme si je venais d'avouer une abominable
maladie vénérienne. Il m'en veut de s'être ainsi fait
berner sur la marchandise et prend immédiatement
ses distances. D'où le terme : être mis en quarantaine.

Seule exception, les hommes à femmes. Pour une histoire de cul on évalue le gibier à vue de nez, pas sur des données administratives.

Du coup, j'ai décidé de remettre les pendules à l'heure : l'année prochaine, au 1er mai 2010, je fêterai à nouveau mes trente ans. Je recommence cette trentaine que j'ai très mal employée ; à moins que ce ne soit la vingtaine… Ce qui est sûr, c'est qu'en apercevant la trentaine à l'horizon, j'ai eu un sursaut de révolte. Quoi !! Trente ?? Mais je n'ai encore rien fait de ma vie ! Ce n'est pas possible, je ne peux pas avoir déjà TRENTE ans ! – le début de la fin comme tout le monde le sait. J'avais encore trop à faire, tout à faire ou à refaire. J'avais tout faux depuis le bac : pas les bonnes études, pas les bons mecs, pas le bon métier. Mais après tout, comme un paquet de prophètes annonçaient la fin du monde pour le 1er janvier 2000…

Le soir du 31, je me plantai à ma fenêtre pour assister au nouveau Déluge, ne voyant pas de meilleure occupation pour les heures qui me restaient à vivre. Au petit matin, l'ouragan s'était calmé, la France était dévastée et moi j'étais toujours là. En regardant mes concitoyens écoper, redresser les pylônes et tronçonner les arbres effondrés sur les routes, je me suis franchement demandé s'il était raisonnable de poursuivre dans cette voie au XXIe siècle. On prétend qu'après une *Near Death Experience* les gens changent de vie, alors j'ai estimé qu'après être revenue de la fin du monde ENTIER c'était le moment ou jamais de changer. Quoi au fait ?

Je ne savais toujours pas quoi faire de ma peau. Plutôt que de solliciter les conseils de gens aussi paumés que moi, presque tout le monde, j'ai fait un truc hallucinant : j'ai prié Dieu. Moi qui n'avais jamais eu besoin de Lui jusque-là, j'ai dit : « Écoute Dieu, je ne sais pas si tu existes mais, si c'est le cas, je voudrais te proposer un marché. Voilà : j'ai bientôt trente ans et je m'aperçois que je me suis trompée de vie. Rends-moi les dix ans que j'ai perdus en erreurs de parcours diverses et je te promets de me battre de toutes mes forces pour réaliser mes rêves d'enfant. »

Je ne me souvenais plus à quoi je rêvais quand j'étais gosse à part devenir riche, belle et intelligente dans les bras d'un prince charmant balancé comme un demi-dieu, monté sur une grosse moto (ce n'était déjà plus la mode des chevaux), rebelle au cœur tendre qui m'aurait délivrée du joug parental et rendue stupide d'amour… Malheureusement, à vingt-neuf ans passés, le profil biznesswoman surdiplômée ne m'avait pas plus menée au prince charmant qu'à la vie de château. Mes rêves d'enfant étaient périmés. C'était la tuile, il fallait en inventer d'autres.

Te remettre à rêver à vingt-neuf ans, quand tu t'es résigné.e à vivre raisonnablement depuis dix ans, n'est pas chose facile. Beaucoup de gens, à cet âge, ne savent plus rêver. Rêver c'est se projeter dans l'impossible, imaginer une route interminable et semée d'embûches, une route qui peut te perdre définitivement…

et être assez givré, idiot ou inconscient pour la prendre. À l'époque, j'étais loin d'être folle à ce point. Ne sachant quelle direction emprunter, je me suis contentée de m'inscrire dans un cours de théâtre. Juste pour me changer les idées.

Changer le moindre détail d'une vie réglée par le train-train quotidien peut être lourd de conséquences. Comme dans l'histoire de l'aile du papillon, tu peux déclencher une suite absolument incontrôlable d'événements catastrophiques. En trois ans, je suis passée de jeune cadre dynamique pleine d'avenir à comédienne débutante dans une branche over-saturée. Le choc.

QUAND JE SERAI GRANDE, JE SERAI STAR DE CINÉ

*J*e me lance donc dans le théâtre pour m'aérer la tête. En cours du soir. L'aération théâtrale tourne vite à la tempête, puis à la révolution. Mon véritable moi, perdu dans la grande friche de mon cerveau créatif, endormi sous les ronces depuis au moins cent ans, ouvre un œil en entendant les noms magiques de Molière, Racine, Feydeau, Victor Hugo, Oscar Wilde... Ça change de réunion, budget, démarque, marge, stocks et kilofrancs ! Mon mariage à durée indéterminée avec François Pinard, mon PDG, ne passe pas le cap fatidique des cinq ans et je le quitte sans regret au printemps 2000 pour un autre François, Florent, pas plus jeune mais beaucoup plus marrant.

Financièrement, je reconnais que ce n'est pas une bonne affaire. Alors que Pinard paie pour mes services, c'est moi qui dois raquer pour profiter de ceux de Florent. Une bonne partie de mes économies y passe et trois ans plus tard, je me retrouve telle la cigale qui chanta tout l'été et fut fort dépourvue quand la bise fut venue[1]. L'école est finie : je suis désormais apte à la comédie, il n'y a plus qu'à. À quoi ? Ben à décrocher des rôles pardi ! Fastoche, y a qu'à écrire aux directeurs de casting, leur envoyer mon CV et mes super photos. Des rousses, il n'y en a pas des tonnes sur le grand marché du show-biz : il suffit qu'un réalisateur demande une rousse et hop, j'arrive. Dans trois ans, c'est sûr, je suis une star !!

Je m'aperçois vite qu'en France, contrairement aux États-Unis, quand un producteur a besoin d'une rousse, il préfère toujours une fille *bankable*[2] avec une bonne coloration à une authentique rousse inconnue au bataillon. J'ai beau mettre en avant que je suis la seule comédienne française à avoir le teint « Nicole Kidman », rien n'y fait. Ou presque. Car je comprends que j'ai quand même un créneau lors du casting figuration[3] pour *Arsène Lupin*, de Jean-Paul Salomé.

Une copine m'avait parlé du rendez-vous, alors je décide de m'y pointer au culot. J'ai à peine passé la tête par la porte, pas très rassurée quand même à l'idée de me faire jeter illico, que la fille assise au bureau me fait signe. Je regarde derrière moi, pour vérifier que c'est bien à ma pomme qu'elle s'adresse. « Oui, oui, vous ! » Bon, j'avance. Elle me donne immédiatement une date trois semaines plus tard en me recommandant de ne pas bronzer dans l'intervalle, ce qui me fait hurler de rire.

Le 15 août je tourne dans mon premier film en costumes d'époque, corsetée, chapeautée, gantée, mon ombrelle à la main Place de l'Opéra. Il fait une chaleur à crever en cet été 2003 mais je ne donnerais ma place pour rien au monde, frimant devant les centaines de badauds parqués à distance qui nous photographient comme des stars du Festival de Cannes : je m'y vois déjà.

Deux ans plus tard, je décroche mon premier contrat de comédienne, vingt mots une aubaine, et mon nom s'affiche enfin sur un générique. Depuis, mon CV artistique s'allonge lentement mais continuellement. Je fais un peu de télé, un peu de ciné, un peu de pub, un peu de théâtre, quelques lectures et toujours beaucoup de figuration.

Vue de l'extérieur, ma vie peut sembler un énorme gâchis : j'ai abandonné un avenir prometteur, mes revenus ont été divisés par quatre, la surface de mon logement par trois, pour finir grouillot[4] dans le show-biz. Si j'avais poursuivi ma carrière dans le commerce, je gagnerais aujourd'hui une fortune. Je serais propriétaire d'un deux-pièces avec baignoire à Paris, je passerais week-ends et RTT dans ma résidence secondaire en Provence, mes congés payés dans des hôtels de luxe le plus loin possible de la France. Le reste du temps, je continuerais de m'emmerder à mon boulot comme la majeure partie de la population occidentale. Je serais une bourgeoise d'âge moyen que beaucoup de gens envieraient, considérant ma vie comme une belle réussite. Ouaich…

Au lieu de quoi, je fais désormais partie d'une catégorie à part : les *losers*[5] heureux. D'accord je suis loin d'être une star de cinéma, d'accord je ne voyage plus depuis dix ans, d'accord ma garde-robe est démodée, d'accord mes diplômes ne me servent à rien et ont coûté cher à la société ainsi qu'à mes parents, mais… JE SUIS MOI. Je suis libre aussi. Ça oui. Plus libre, tu voles ! Je n'ai pas d'homme, pas d'enfant, pas d'argent, pas de patron, je ne paie plus d'impôts. Je fais ce que je veux, n'ai de comptes à rendre à personne… J'ai même rajeuni. Le temps s'est arrêté il y a dix ans : Dieu a tenu sa part du marché et moi, je ne regrette rien. Ou presque.

---

1. Référence à la fable de Jean de La Fontaine *La Cigale et la Fourmi*.
2. *bankable :* en anglais signifie « négociable en banque », au sens figuré « être une valeur sûre ».

   N.B. : Les notes sont majoritairement destinées aux lecteurs non francophones ou aux personnes qui ne parlent pas du tout l'anglais. Si vous comprenez le mot ou la référence, il est inutile de consulter la note.
3. figuration, figu : une journée de travail en tant que figurant (on dit aussi acteur de complément).
4. grouillot : personne à tout faire.
5. *a loser :* en anglais signifie « un perdant ».

TO BE OR NOT TO BE CÉLIBATAIRE…

Si je fais le bilan des dix années que je viens de traverser à la rame, ce qui me manque le plus au final ce n'est pas l'argent, la gloire ou la réussite, c'est l'amour. Je ne comprends pas pourquoi mon changement de vie a engendré un tel désert affectif et sexuel. Je ne vois pas le rapport, si je puis dire… Était-ce une contrepartie réclamée par Dieu pour arrêter le temps ? Il est vrai que, contrairement aux pactes avec le diable, le Grand Invisible n'a pas réclamé mon âme éternelle en échange, il s'est juste contenté de me prendre les hommes. « Tu veux la jeunesse ? Alors plus de boogie-woogie avant les prières du soir.[1] » À moins qu'il ne m'ait élevée au rang de super-héroïne. Ai-je renoncé sans le savoir à tomber amoureuse pour obtenir mes superpouvoirs de comédienne ? À la réflexion, Dieu m'a quand même prévenue.

Je venais de quitter mon poste chez Pinard-Pastis-

Ragoût quand j'ai consulté une cartomancienne. Cette démarche ne paraît pas très rationnelle au premier abord, mais ne l'étant pas tellement à l'époque… La voyante s'est montrée optimiste concernant mon avenir professionnel à long terme – très long terme – mais elle m'a clairement prévenue que j'allais rester seule encore pas mal de temps. Je me disais : « heureuse en affaires, malheureuse en amour » et j'étais prête à assumer stoïquement cet état de fait pour, disons, encore un ou deux ans. Trois ans sans sexe, c'était déjà pas mal ! Mais j'étais loin du compte, car j'allais être malheureuse en amour ET en affaires pour… ben au moins dix ans. Le dernier homme-de-mon-lit remonte en effet au mois de décembre 1999.

Aussi, en début d'année j'ai pris une grande décision. J'ai dit : en 2009 le célibat, c'est décidé, j'arrête. De fait, courant janvier j'ai flashé sur un collègue comédien : grand, châtain, des yeux verts à se pâmer, un charme irrésistible, une classe folle… J'ai failli perdre la tête. Je l'ai récupérée dare-dare quand j'ai réalisé que le canon en question, merci TroncheBook, avait vingt-cinq ans. Au secours ! Là, je me suis déballonnée. Je n'avais pas encore été confrontée au cas. Dix voire quinze ans de plus que moi, oui, la situation s'était déjà présentée. Mais je n'avais jamais été attirée par plus jeune que moi. Pas même un peu plus jeune, alors… Alors j'ai été d'une lâcheté absolue en ce début d'année, me disant qu'il restait onze mois pour trouver un candidat plus « conventionnel ».

Malheureusement, mon petit cœur s'est froissé de voir ses désirs refoulés. Du coup il ne m'a plus adressé la parole, refusant de s'émouvoir pour le moindre mâle. Pourtant, j'en rencontre des hommes dans le cinoche. Mais les moins de trente ans sont trop jeunes. Quant aux célibataires de mon âge, ils sont aussi rares que les places de parking à Paris : pour en dégoter un, il faut tourner des lustres jusqu'à ce qu'une copine te laisse le sien. Dès que tu passes trente ans, il y a pénurie de princes charmants.

---

1. Référence à la chanson d'Eddy Mitchell *Pas de boogie woogie.*

LA COURSE AUX RÊVES

*T*ous les ans au 1er janvier, je fais le bilan des douze derniers mois et je définis mes principaux objectifs pour la nouvelle année. Ça ne mange pas de pain. Au fait, quels étaient les objectifs 2009 ?

1. arrêter le célibat ;
2. arrêter la figuration ;
3. prendre de vraies vacances au soleil.

Concernant l'arrêt du célibat, c'est ENCORE raté. Je reconduis pourtant cet objectif tous les ans depuis dix ans sous une forme ou une autre : trouver le prince charmant, trouver ma moitié d'orange, trouver l'Amour, trouver l'amour, embrasser au moins un homme dans l'année, etc. Je ne me décourage pas. Car au loto, c'est statistique, plus tu perds longtemps plus tu as de chances de gagner. Au tirage au sort quotidien des princes charmants, depuis le temps que je joue, ma probabilité de toucher le gros lot est sûrement énorme. C'est pourquoi je reste optimiste.

Pour ce qui est d'arrêter la figuration, c'est encore plus raté vu que je n'ai pas décroché un seul rôle l'année dernière, à part dans deux courts-métrages étudiants non payés. Et une pièce de théâtre rémunérée « à la recette ». Mais à huit euros la place sur BilletReduc et cinq spectateurs en moyenne à chaque représentation, pour payer neuf comédiens, le metteur en scène et le régisseur…

Quant aux vacances au soleil dont je rêve depuis au moins trois ans, j'ai dû y renoncer après examen attentif de mes prévisions de trésorerie. Comme chaque année depuis dix ans, je suis partie me ressourcer quinze jours dans le sud chez mes parents. Soleil, verdure à perte de vue, cuisine bio avec fruits et légumes du jardin, transat sous les chênes, cigales… Ce sont généralement les meilleures semaines de l'année, et j'ai calculé qu'en 2009 elles ont représenté 3,77 % de mon temps. Si j'ajoute les quelques journées où j'ai réellement joué la comédie, même gratuitement, j'atteins 7,41 %. Ce qui veut dire par conséquent que je me suis fait chier 92,59 % de l'année. Je n'aime pas trop vivre en fonction des statistiques, mais je reconnais que celle-ci mérite réflexion. Je vais d'ailleurs éviter de faire le décompte des jours mémorables sur les dix dernières années. Sans parler des vingt dernières…

Plus grave, dans quatre mois je fêterai mes trente ans bis. Le 1er janvier 2000, je me demandais comment rendre ma vie aussi excitante, pleine de passion et de rebondissements qu'un bon film américain. Dix ans plus tard, embourbée comme tous les auteurs débutants dans le dédale de l'acte 2 de mon scénario personnel, je me demande si je ne fais pas fausse route… Certes, j'ai vécu des aventures rocambolesques au cours de cette décennie, tant sur les plateaux qu'en dehors. J'ai croisé la plupart des stars françaises lors de tournages télé ou ciné, j'ai respiré le même air que Steven Spielberg, Martin Scorsese, Charlize Theron, Kirsten Dunst et bien d'autres. On m'a « vue à la télé » et aussi, quoique brièvement, sur la plupart des écrans géants de la planète ; mon nom a défilé sur quelques génériques. J'ai rencontré des gens formidables à qui je n'aurais jamais adressé la parole si j'étais restée sur l'autoroute de ma vie. Beaucoup font partie de mes copains, certains sont devenus des amis. Pourtant, je mentirais si je disais mener la vie dont j'avais rêvé.

Car la vie d'artiste, c'est aussi et surtout : le perpétuel casse-tête des fins de mois, la chasse aux cachets[1] la moitié de l'année, les contrats sous ou pas payés, les petits boulots ingrats pour joindre les deux bouts, les figurations dehors par tous les temps de jour comme de nuit, les jours et les semaines à attendre que le téléphone sonne, les échecs à répétition, etc. Comme la petite fille du conte, j'ai grillé toutes mes allumettes. Le spectacle était certes joli, mais je trouve maintenant que ma vie manque singulièrement de lumière.

Aussi, pour inciter le destin à s'occuper de mon cas avant que je ne totalise la quarantaine d'annuités permettant d'accéder au nouveau paradis des sociétés occidentales, la retraite, j'ai décidé de lui poser un ultimatum. Si le 1er mai 2010, jour de mon entrée administrative chez les quadras, je n'ai pas :

1. tourné au moins un rôle payé, ou joué devant plus de… mettons cent personnes au théâtre. Cent est un objectif **SMART** comme l'enseignent les cours de marketing : Spécifique, Mesurable, Ambitieux, Réaliste et Temporel ;
2. rencontré un *vrai* prince charmant. C'est spécifique, mesurable, ambitieux et temporel ; j'espère que l'espèce n'est pas totalement éteinte et que le vœu reste réaliste…

ALORS : j'abandonne la course aux rêves pour réintégrer le monde réel. À quarante ans tout juste, en bidouillant un peu mon CV, en utilisant ma bonne mine et mes modestes talents d'actrice, quelques recruteurs me pardonneront peut-être ces dix années de folie pour me donner une « seconde chance ». En n'étant pas trop exigeante sur le salaire de départ et en travaillant dur, je peux espérer retrouver en 2020 le niveau de salaire que j'avais début 2000.

Quant au prince charmant, j'aurais dû le trouver il y a belle lurette. Acteurs, réalisateurs, techniciens, directeurs de casting, enseignants, conseillers de Pôle emploi, les rencontres se sont succédé comme jamais auparavant. Pourtant, le petit moment magique qui nous dit avec certitude : « C'est lui ! » ne s'est jamais produit. Peut-être les princes charmants n'habitent-ils pas à Hollywood finalement. Peut-être sont-ils séquestrés dans les cachots du monde réel, attendant qu'une princesse des temps modernes vienne les délivrer. Pire, peut-être mon prince charmant s'est-il casé avec une autre pendant que je poursuivais mes rêves de gloire. Peut-être faut-il me rendre à l'évidence et arrêter la course au bonheur avant de casser le moteur. Peut-être… Ou peut-être pas. Plus que quatre mois pour le savoir.

SI TU ES ENCORE LÀ DIEU, FAIS-MOI SIGNE !

---

1. cachet : les comédiens français sont payés à la journée. La rémunération s'appelle « un cachet ». Comme le travail est rare, tout le monde court après les cachets pour arriver à gagner sa vie, d'où l'expression « chasse aux cachets ».

PARTIR...

— *P*ar suite d'encombrement, votre appel ne peut aboutir...

Comme le ciel est en dérangement depuis le 1ᵉʳ janvier et qu'en cette mi-avril les jeux sont faits, j'ai décidé de clôturer mes années folles par une ultime extravagance : partir en vacances ! Le lieu est décidé depuis plus de deux ans. J'ai repéré un jour sur un catalogue de Dream Camp Voyages ce village de bungalows, sis au bord de la plus belle plage de l'île d'Indinonis. J'ai eu sans le connaître un coup de foudre pour cet endroit, gardant précieusement le catalogue à portée de main sur la cheminée du salon, le compulsant régulièrement pour m'assurer de sa réalité : oui, il existait toujours des plages de sable blanc dans le monde à moins de cinq heures d'avion et un jour... j'irais.

J'ai mis un temps fou à préparer ma valise. Qu'est-ce qu'on est censé se mettre sur le dos quand on va au Dream Camp ? J'ai ressorti pour l'occasion strings et autres tangas, que je ne porte jamais ayant horreur d'avoir un truc qui gratte dans la raie des fesses. J'ai dû acheter ces accessoires insolites dans un jour d'incroyable euphorie. J'ai ajouté les deux seules jupes de ma penderie, une robe pour les soirées, des tops échancrés et sexy que j'ai dû laver car ils sentaient la poussière ; une bombe écran total pour ne pas griller, des boules Quies au cas où les ébats des voisins m'empêcheraient de dormir, des produits anti-moustiques, anti-chiasse, anti-gerbe et ma trousse à maquillage. Me voilà parée pour l'aventure !

Les félicitations affluent de partout, comme si j'avais annoncé mon mariage avec un riche héritier. Ou mon mariage tout court, vu que personne n'y croit plus depuis longtemps. Je reçois régulièrement de la part de mes amis hommes et femmes des diaporamas de types à poil censés me remonter le moral : malheureusement, tout le monde n'est pas au niveau des Dieux du Stade... Je remercie quand même chaleureusement, c'est l'intention qui compte !

Ma propre mère m'a vivement encouragée à partir, se contentant de glousser d'un air faussement choqué quand je lui ai raconté les potins scandaleux trouvés sur Internet au sujet du village d'Indinonis, qui se distingue entre autres par son *open-bar*, ses chambres individuelles et ses fiestas quotidiennes jusqu'à 4 heures du matin. « Profites-en à fond ! » me recommande-t-on. Mon frère Lucas tente de me commander des clopes au duty-free, ce que je refuse catégoriquement : pas question de contribuer au développement de son futur cancer. Mon entourage préfère que je sombre dans l'alcool, la bringue et la luxure plutôt que me voir finir vieille fille. C'est bon de se sentir aimée à ce point.

BIENVENUE AU PAYS DES RÊVES

*J*e pars à 13 heures après avoir vérifié vingt-cinq fois que je n'ai rien oublié, que j'ai bien fermé les fenêtres, débranché les prises, vidé les poubelles, coupé l'eau. L'avion de 9 heures a été décalé pour je ne sais quelle raison à 16 heures. Je perds une demi-journée de vacances, mais j'évite de me lever aux aurores. Depuis dimanche dernier, j'ai ce moment du départ dans mon viseur, les heures se sont étirées sans fin.

À 19 h 40, l'avion se pose sur les pistes d'Indinonis. Quand je descends de l'appareil par la passerelle mobile, la nuit est presque tombée. Il fait vingt-cinq degrés, la brise salée sent déjà les vacances. La lune et les étoiles décorent le ciel avec un éclat inhabituel, des silhouettes de palmiers me saluent à l'horizon. C'est le paradis. Après avoir franchi le barrage des douaniers au milieu d'une mer de touristes, je pars à la recherche des fameux Dream Guides – DG pour les intimes – réputés jeunes, beaux, bronzés, dynamiques et sympathiques. J'ai hâte de rencontrer ces personnages de légende !

Je finis par dégoter les bus à l'effigie du Dream à l'extrémité du parking. Je suis accueillie par un animateur au sourire enjôleur effectivement jeune, beau, bronzé, dynamique et sympathique.

— Moi, c'est Fred. Et toi ?

Le tutoiement me rassure. S'il m'avait abordée avec un « mademoiselle » ou pire un « madame », le séjour cool aurait mal commencé.

— Flamme.

— Comme le capitaine ?

— Comme l'enfer.

— Je grille de faire ta connaissance…

L'arrivée d'une grande brune plantureuse à l'air lugubre met fin à la conversation. Fred reprend sa figure séraphique, pointe mon nom sur sa liste et me tend la clef du bungalow : le Magic 69. Ça promet…

— Bienvenue au pays des rêves !

Je m'installe dans le bus pour attendre le reste de la compagnie, qui se présente au compte-gouttes. La moyenne d'âge des Dreamers est plus élevée que je ne pensais, grosse trentaine, pas mal de couples : aucun célibataire de rêve dans la fournée. Une demi-heure plus tard, le bus démarre et s'engage sur une longue route bordée d'hôtels. On se croirait sur le Strip de

Las Vegas, en beaucoup moins luxueux évidemment. Je ne voyais pas le paradis aussi industriel... Fred tente de mettre un peu d'ambiance pendant le trajet, mais les parigots sont trop crevés ou abrutis pour réagir.

Quand nous franchissons le portail du village, nous sommes immédiatement accueillis par les cris et les rires de la Dream Team. Ils suivent le bus en courant jusqu'à son arrêt et nous applaudissent comme des célébrités débarquant à la cérémonie des Césars. Les animateurs – trente à quarante garçons et filles tous jeunes, beaux, bronzés, dynamiques et sympathiques – se présentent à tour de rôle, mais je suis trop crevée ou abrutie pour retenir quoi que ce soit. Une grande blonde d'une vingtaine d'années, équipée de jambes de gazelle et d'un sourire à la Cameron Diaz, appelle mon nom et me guide au pas de charge avec quelques péquins jusqu'à mon bungalow. Dans la nuit, cette forêt de maisonnettes me semble un vrai labyrinthe. Arrivée à destination, je me demande comment je vais retrouver mon chemin. J'aurais dû semer des petits cailloux...

Au Dream Camp, les bungalows sont individuels. Trente mètres carrés, un lit double, une salle de bains, des toilettes séparées. Les murs et le mobilier sont en bois verni ajouré de couleur naturelle. Il n'y a aucune isolation et j'entends la rumeur de l'océan tout proche. Je prends le temps de sortir jupes, tops sexy, strings et autres tangas de ma valise, portée entre-temps au point Dream Start du quartier Magic. Je ne reste qu'une semaine, mais le retour me paraît appartenir à un futur très lointain… Ceci fait, je me mets en quête du restaurant.

Après avoir visité toute la palmeraie à l'aveuglette, j'aperçois enfin de la lumière à l'entrée d'un bâtiment baptisé l'Antre de Bacchus. L'immense salle rectangulaire est décorée de fresques multicolores, le haut plafond constellé d'étoiles. Je reste indécise devant la variété des plats proposés. Après trois tours de buffet, je me décide pour une pizza et une salade. Il est près de 21 h 30 et beaucoup de Dreamers ont déjà terminé leur repas. Une fois dans la salle à manger, je ne sais absolument pas quoi faire de moi, où m'asseoir, ce qui me ramène trente ans en arrière, le jour de ma première cantine lors de mon entrée en sixième. Il faudrait m'incruster à une table, n'importe laquelle, mais j'en suis incapable.

À force d'hésiter, j'atteins le fond du restaurant, où j'échoue lamentablement à une table de deux. Super. Je dois être la seule personne à dîner avec elle-même. Comment ont fait les autres ?! Une carafe est posée devant moi et je me rappelle tout à coup qu'il est recommandé de ne boire que de l'eau en bouteille à Indinonis sous peine de choper une cacatte d'enfer. Je renonce immédiatement à retourner dans la salle du buffet pour récupérer de l'eau minérale. Plutôt la courante que me rejouer la séquence de la traversée du restaurant ! De toute façon, j'ai une boîte neuve d'anti-chiasse dans la valise. Je mange rapidement, ce qui n'est pas mon habitude, me passe de dessert pour la même raison que l'eau et cours me réfugier dans le bungalow, que j'ai curieusement très vite retrouvé.

Le moral en berne, je m'assieds sur le lit. Il est environ 22 heures. Je me souviens vaguement que les animateurs ont mentionné un spectacle de bienvenue. Où ? Aucune idée. Sans doute pas loin du resto, seul endroit illuminé du site. Il faudrait me changer, je n'ai toujours pas quitté mon jean et mes baskets, et ressortir affronter l'inconnu peuplé de tous ces inconnus. D'habitude, je ne suis pas si cruche mais là, je ne sais pas pourquoi, je me sens aussi flapie qu'un vieux pneu crevé. J'hésite, je regarde l'heure pour la énième fois. Je me couche et je vois demain ? J'y vais ? J'y vais pas ?

Une petite voix au fond de moi m'engueule soudain : « Eh oh nunuche, tu n'es pas venue jusque-là pour te cloîtrer dans ton bungalow ! Tu n'as que six jours : bouge ! » Dans un effort de volonté surhumain, je me lève, je troque mon jean-baskets contre une jupe-nu-pieds, je rafraîchis mon maquillage et repars courageusement à l'aventure.

Le théâtre en plein air se trouve près de la piscine. Le spectacle de bienvenue est sur le point de commencer. La scène est immense, bien éclairée et sonorisée : du matériel de pro. Il reste peu de places, aussi vais-je m'asseoir à l'extrémité d'un banc, tout au fond de l'espace. Je n'ai pas voulu prendre mes lunettes –

horriblement démodées, je n'ai pas les moyens de les changer – et je distingue difficilement les visages sur le plateau. Les sketchs se succèdent : l'ensemble est dynamique, drôle, varié. Pourtant je me sens seule au milieu de la foule, déconnectée de l'ambiance. J'ai du mal à réagir à ce que je vois, à rire. Le spectacle s'achève et nous sommes tous invités à rejoindre la Dream Team au bar pour les *magic steps*[1]. Qu'est-ce que c'est que ce truc ?

Les animateurs grimpent sur un large podium. Des dizaines de vacanciers se positionnent face à eux. Les nouveaux arrivants s'agglutinent devant le comptoir ou s'installent sur le pourtour de la piste de danse afin d'observer la suite des événements. Fred prend le micro, chauffe énergiquement l'assistance. Un morceau de pop latino est lancé. La Dream Team débute une chorégraphie dans un bel ensemble, aussitôt suivie par la foule.

Le morceau est entraînant mais je reste à l'écart, observant tous ces gens qui se trémoussent en chœur. Les mots « débile », « cucul », « ramollissement du cerveau » me traversent l'esprit... Je réalise soudain que si je ne saute pas dans le train avec les autres maintenant, je vais passer à côté de ce que je suis venue chercher ici : l'insouciance et l'oubli de moi-même dans la fête. Voyant le spectre de la dépression me fondre dessus à toute berzingue, je me propulse sur la piste sans tergiverser davantage.

Ma mère étant prof de danse, je mémorise assez vite les enchaînements. Je les exécute avec beaucoup de sérieux, espérant que le mental finira par suivre le physique. Peine perdue. Je me regarde faire, n'y prends aucun plaisir. Les magic steps se terminent, la pop est remplacée par du hip-hop. Étant incapable de danser sur ce type de musique, je reprends immédiatement ma place sur le bas-côté. M'agiter seule au milieu d'anonymes dépasse mes forces pour ce soir.

Un quart d'heure plus tard, je réintègre mes pénates. Sur le chemin, j'aperçois Fred pris en sandwich entre la brune plantureuse du bus et la porte d'un bungalow. La fille l'embrasse à pleine bouche, une main dans son pantalon. Je passe sur la pointe des pieds, même s'il est peu probable qu'ils aient conscience de ma présence. Après une douche, je me couche avec les boules Quies car la sono résonne dans toute la palmeraie. Il est minuit et demi, j'espère faire mieux demain.

---

1. *magic steps :* en anglais signifie « des pas magiques ».

GABRIEL

*L*e lendemain, j'émerge comme d'habitude vers 9 h 30. La nuit s'est bien passée, l'eau du restaurant est manifestement sans danger. Le temps de me préparer, il est 10 h 30. Trop tard pour le petit-déjeuner. Tant pis. Pas envie de me refaire une séance de restaurant cauchemardesque dès le matin. Je glandouille le reste de la matinée. La plage, avec son sable blanc, ses parasols en chaume, ses transats et balancelles en bois agrémentées de coussins turquoise, tient les promesses de la brochure.

Comme je ne supporte pas le soleil et que tous les parasols sont occupés, je me renseigne sur les activités proposées. Je n'ai plus un rond, mais j'investis quand même quelques euros dans une balade à cheval prévue l'après-midi même, pour tenter de rencontrer d'autres compagnons d'infortune : je ne dois pas être la seule paumée dans ce bled. Le spleen, qui me talonne depuis des mois, m'est tombé dessus à

Indinonis. La solitude est plus facile à supporter dans mon studio parisien qu'au milieu d'une foule de vacanciers dans un décor de rêve. J'ajoute également à mon programme le tournoi de pétanque prévu après le déjeuner. Je n'ai pas joué aux boules depuis des lustres mais, ayant passé de nombreuses semaines en camping quand j'étais môme, j'espère avoir quelques restes. Cependant, l'heure tourne et il va bien falloir aller manger.

Déterminée à éviter les tables de deux, je me retrouve à une table de six presque vide, avec un couple qui ne m'adresse pas la parole du repas. Ils ne me jettent pas même un regard, je n'existe pas pour eux semble-t-il. Il faudrait prendre l'initiative de la conversation, mais je suis trop démoralisée pour un tel effort. Je déjeune en silence, ruminant mes idées noires, puis me barre aussi vite que possible en embarquant quelques sablés au passage en guise de dessert. En quittant le restaurant, je croise le sourire radieux de la brune du bus, qui achève de me déprimer. Mi-temps dans le bungalow. Je m'allonge en attendant l'heure du tournoi de pétanque : pas question d'errer dans le village comme une âme damnée. Vais-je parvenir à briser la vitre invisible qui se dresse entre ce paysage paradisiaque et moi…

Quand je me présente au terrain de pétanque à 14 heures, il n'y a encore personne. J'avise un transat à proximité et me colle dessus avec un jus d'orange. Un DG finit par se pointer avec un grand tableau blanc. Pas plus de vingt-cinq ans, pas loin d'un mètre quatre-vingt, les cheveux coupés court d'un roux plus vif que le mien, une peau très blanche un peu brûlée par le soleil, yeux verts, baraqué : topissime… Quelques personnes s'inscrivent en équipe de deux ou trois et je me sens soudain bête d'être venue seule. Je vais néanmoins informer le bel animateur que j'aimerais bien jouer, mais que je n'ai pas de partenaire. Après tout, c'est leur boulot aux DG de trouver des solutions pour distraire les pauvres nouilles comme moi. L'Apollon me considère d'un air tranquille et me répond d'une voix chaude, un peu éraillée par le tabac :

— Ne t'inquiète pas ma belle, je vais jouer avec toi.

Ah ben d'accord ! Mon moral fait aussitôt un bond vertigineux. Pour la première fois depuis mon arrivée au village, je me vois sourire spontanément. Et puis qu'un canon pareil m'appelle « ma belle » alors là, je ne me sens plus. Je jette discrètement un coup d'œil sur le badge de mon sauveur : Gabriel. Ça lui va comme un gant à cet angelot. Puis je vais toute guillerette récupérer des boules. Je regrette tout à coup ma balade à cheval prévue une heure plus tard, en informe mon équipier.

— Je peux peut-être annuler ?

— Vas-y, je continuerai tout seul.

Mais non ! Je veux rester jouer avec lui, moi, je m'en fous des canassons !

41

— Autant finir le tournoi. Je peux faire la balade demain.

J'essaie de plaider ma cause, espérant que Gabriel fera un minimum semblant de tenir à son binôme. Mais mon entêtement le fait soupirer et le verdict tombe, ruinant tous mes espoirs :

— De toute façon, ça m'étonnerait qu'on passe le premier tour.

De fait, je suis tellement intimidée par mon partenaire que mes rares notions de pétanque passent illico à la trappe. Je joue comme une savate, alors que Gabriel place toutes ses boules comme un pro. Je comprends qu'il est contrarié de perdre mais plus la partie avance, plus mes boules s'éloignent dramatiquement du cochonnet. Jouer à trois boules contre six, c'est difficile... Je suis au désespoir, voyant bien que je passe définitivement pour une cloche. Nos adversaires, deux quinquagénaires bedonnants, sont enchantés de battre le DG à défaut d'égaler son sex-appeal. Nous nous faisons éliminer, comme prévu, au premier tour. Il est 15 h 30, je suis largement à l'heure pour ma balade à cheval.

Soulagé d'être débarrassé d'un tel pot de colle, Gabriel me recommande d'un ton professionnel de couvrir mon teint cachet d'aspirine d'écran total afin d'éviter une insolation. Quand je réponds qu'il doit lui aussi avoir la peau fragile, il me toise, incrédule et choqué. C'est un vrai mec et les vrais mecs, c'est bien connu, n'ont pas la peau fragile et n'attrapent pas de coups de soleil ! Je réalise que je viens d'aggraver mon cas et, maudissant ma stupidité, je bats en retraite pour éviter de froisser à nouveau mon chevalier servant. Plus déprimée que jamais, je me dirige tête basse vers l'accueil.

CÉLINE

Quand j'arrive au point de rencontre, nouvelle déception. Il n'y a que six nanas, dont un couple et trois copines qui ne me disent même pas bonjour. La dernière, une blondinette de trente-cinq berges au regard déterminé, s'appelle Céline et touche sa bille en équitation. Elle prend aussitôt ma remise à niveau en main.

— Plus courts les rênes, Flamme. Montre-lui que c'est toi qui commandes !

Facile à dire. La brave bête s'intéresse plus aux touffes d'herbe du bas-côté qu'à la balade. D'ailleurs, c'est à peine si elle s'aperçoit que je stationne sur son dos. Quand je tente de reprendre le contrôle, elle s'ébroue et me lance un regard éteint. Résolue à motiver le gros pépère, Céline emploie les grands moyens. Elle colle l'arrière-train de sa jeune jument sous le nez de mon vieux compagnon, qui part à fond de train à sa poursuite dans les dunes. Subitement déséquilibrée, je manque de vider les étriers, me rétablis in extremis, maudissant l'inconscience de ma partenaire en tressautant sur ma selle. Puis je retrouve des réflexes acquis lors d'une lointaine initiation à l'équitation. Les cheveux dans le vent, j'oublie alors toutes mes galères, la déprime, l'indifférence du ciel et celle de mes contemporains.

Céline et moi atteignons l'écurie bien avant le reste de la troupe, qui suit au trot. Ma nouvelle copine allume une clope et se déclare satisfaite de mes progrès.

— Tu devrais monter plus souvent, t'as meilleure mine que tout à l'heure. T'es venue au Dream avec quelqu'un ?

— Non, je suis toute seule.

— Cool. On graille[1] ensemble ce soir ?

C'est elle ou personne alors j'accepte la proposition, espérant ne pas aggraver ma situation…

À 20 heures, je me dirige le cœur léger vers le restaurant où, pour la première fois, quelqu'un m'attend. Ou du moins est supposé m'attendre. Car une fois mon assiette pleine, j'ai beau tourner et virer dans l'immense salle, pas de Céline en vue. Les trois greluches de la sortie à cheval, installées à une table de dix à moitié vide, me font un rapide sourire de loin et replongent bien vite le nez dans le contenu passionnant de leur assiette, afin de me signifier que je ne suis pas la bienvenue. J'échoue une fois de plus sur la terrasse au bout du restaurant.

Malgré la désagréable impression d'être revenue au point où j'en étais la veille à la même heure, je me change pour assister au show du soir. Peut-être y retrouverai-je Céline. Je m'habille, me maquille joliment et c'est reparti pour un tour.

Après avoir cherché ma nouvelle copine sans succès dans la foule, je retourne au fond près de la régie. Le thème du spectacle est Bollywood. Le décor et les costumes sont féeriques. Je suis les numéros, mais de façon distanciée car mon œil professionnel s'est mis en action : untel joue vraiment comme une brêle, unetelle n'a guère plus de voix qu'un moineau agonisant... Je mijote dans cet état d'esprit mitigé quand une bande d'animateurs torse nu, vêtus de pantalons bouffants et de turbans de couleurs vives, entrent en scène. Ils entament une danse complexe sur une musique entraînante.

Mon attention est très vite attirée par l'un d'eux. Je ne distingue pas clairement son visage – n'ayant toujours pas mes lunettes – mais je suis frappée par la perfection de sa silhouette, la précision, la légèreté et l'élégance de ses pas.

Quand il retire son turban pour saluer, je reconnais avec stupéfaction Gabriel, mon DG du tournoi de pétanque. Cet épisode de la journée ayant passablement écorché mon moral et mon ego, j'avais déjà zappé mon partenaire de choc. Mais en le voyant si sérieux, appliqué, fier, débordant d'une grâce naturelle, je suis éblouie. Je ne vois que lui et quand Gabriel quitte la scène, le plateau me semble soudain vide. Pour la première fois depuis mon arrivée, je réussis à me connecter totalement au présent, à ce lieu, à quelqu'un.

---

1. grailler : manger, en langage argotique.

GARE AUX ZOMBIES !

Ce matin je décide de tester le cours de salsa, danse de couple censée favoriser les contacts. Malheureusement, ce subtil plan tombe à l'eau dès que je me présente au théâtre puisque pas un seul homme ne s'est déplacé. J'en comprends la raison à la vue d'un panneau indiquant que la prof de salsa étant absente, le cours est remplacé par de la danse orientale. Manquant pas mal de pratique en matière de jeux de bassin, j'hésite à rester quand une petite fée, avec un grand sourire et de l'énergie à revendre, déboule comme une tornade. Lila secoue son monde endormi et nous informe du show Dreamers-Dream Guides prévu le surlendemain. Le cours de danse orientale doit faire une démonstration : qui veut participer ?

Personne ne s'attendait à devoir se produire en public, et encore moins si rapidement. Ces dames, dont l'âge moyen avoisine les cinquante ans, se regardent, se tâtent… Lila encourage, s'enthousiasme, supplie un peu : elle n'oblige personne mais vous verrez, ce sera super-sympa ! Elle est si mignonne que six personnes cèdent juste pour lui faire plaisir. D'autres refusent catégoriquement et désertent lâchement. Les regards se tournent vers moi. Je tente d'expliquer que je suis un peu raide de la colonne, mais mes camarades se mobilisent pour m'encourager alors je me botte le cul. Le ridicule ne tue pas, sinon je serais six pieds sous terre depuis des lustres. Va pour la danse du ventre…

Le soir, je tombe par hasard sur Céline au restaurant. Elle a malencontreusement bu de l'eau du robinet de son bungalow la nuit précédente et a été malade à en crever toute la journée. Elle recommence juste à s'alimenter. Pour la première fois, je dîne avec une personne heureuse de ma présence, mon moral s'éclaircit. Après quelques banalités, la conversation oblique vers le sujet favori des célibataires en vacances : le cul.

— Tu cherches quel genre de mâle ?

— Le genre qui me donne envie de sauter dans un string.

— Pourquoi, tu mets quoi ?

— Des culottes en coton.

— Misère…

Je suis sur le point d'entamer un éloge du slip,

quand le fessier galbé et le torse en V de Gabriel nous passent sous le nez pour rejoindre quelques DG garçons et filles attablés dans notre champ de vision.

— Pour ce genre-là, je veux bien sacrifier toute la collection.

Céline lève les yeux au ciel.

— L'alezan[1] ? Laisse-le galoper celui-là, tu pourras jamais lui passer le mors. Ce genre de poulain c'est décoratif, mais :

1. il faut le bouchonner à mort ;
2. au plumard, c'est un mulet.

Devant mon air dubitatif, elle conclut :

— De toute façon, il sort avec la pouliche avec les *airbags*.

Céline désigne du menton une très jolie brune, sans doute à peine majeure, moulée dans un tee-shirt rose qui met en valeur ses courbes appétissantes. Elle picore dans son assiette en jetant de fréquents coups d'œil au beau rouquin, qui ne lui accorde pas la moindre attention.

— T'es sûre ?

— Positif. J'ai mes sources. T'es pas la seule à vouloir le monter ! Toutes les femelles de la Team sont maaad de lui. De toute façon, il te faut un trotteur pas un coureur, sinon tu vas vider les étriers.

— Probable…

— S'il te botte vraiment, mets-toi au fitness. Il

donne des cours pour débutants à neuf heures et demie.

— Neuf heures et demie !

— Pour des pectoraux comme ça, moi je veux bien me lever avec les poules.

— Il y en a déjà bien assez qui se lèvent pour lui : pire que dans une pub Danette !

Céline lève les yeux au ciel.

— Et puis, je suis une femme moderne et éduquée. Je ne peux quand même pas m'adonner au culte de l'homme objet.

— Si tu le dis…

— Et toi, quel est le programme ?

— J'ai prévu de faire la femme objet cette semaine. Et plus si affinités.

Après le spectacle de café-théâtre et les magic steps, je fais de nouveau tapisserie sur le bord de la piste pendant que la foule se déhanche avec ardeur sur *Maldon*. Quant à Céline, elle branche le barman en enfilant tequila sur tequila.

— Une valse princesse ?

Je n'ai pas le temps de répondre que Fred me plaque contre ses abdos et m'entraîne dans un collé-serré, qui serait d'une sensualité torride si j'étais capable de me détendre. Mais le contact physique imposé par le zouk me crispe tellement qu'on se retrouve très vite à contretemps. Le morceau terminé, Fred me pose quelques questions sur le métier de comédien dont je me fais un devoir de souligner les côtés les moins reluisants, afin d'épargner à mon cavalier d'amères désillusions. Mais je m'aperçois rapidement que mon état matrimonial et ma vie intime l'intéressent bien davantage que les paillettes du show-biz.

— Ton dernier coup, ça remonte à quand ?

Bien que j'aie du mal à comprendre cet intérêt systématique des hommes pour l'historique de mes amants, je suis curieuse d'observer la réaction d'un spécimen de la génération Y à mon mode de vie anachronique.

— Fin du siècle dernier, si ma mémoire est bonne.

— Tu déconnes. On est en 2010.

Je hausse les épaules. Fred me dévisage avec stupeur, se demandant si je me moque de lui. Mais comme je reste sérieuse comme une papesse…

— C'est grave ! Faut pas rester comme ça. Le sexe c'est la santé, surtout pour les femmes. Faire l'amour trois fois par semaine embellit la peau, élimine le stress, l'insomnie, la migraine, la dépression, soigne les cancers, les maladies cardiovasculaires, fait maigrir, vivre plus longtemps… T'aimes pas le sexe ?!

— Si, c'est pas le problème.

— C'est quoi le problème ?

— J'ai pas envie de coucher avec n'importe qui.

— Moi non plus ! Il y a deux cents à cinq cents filles qui débarquent ici toutes les semaines, je couche pas avec tout le monde : je sélectionne. T'as de la chance, je suis libre ce soir. Et avec moi, pas de bla-

bla. Le contrat est clair : c'est du cul – du bon – et rien d'autre. Pas d'abonnement, pas de contrainte, pas d'engagement et pas de frais de résiliation. Royal, non ?

À cet instant, un sifflement énergique couvre brièvement la musique. Gabriel fait signe à Fred de le rejoindre au bar.

— Qu'est-ce qu'il veut... QUOI ?

Gabriel insiste. Le geste est si impérieux que Fred obtempère.

— Attends-moi, j'en ai pas pour longtemps.

Avant de partir, il me montre les piliers de l'*open-bar* avachis sur le comptoir devant leur énième verre.

— Gare aux zombies !

Je digère la leçon de Fred sur les bienfaits d'une sexualité épanouie, thème récurrent dans les médias depuis quelque temps, études scientifiques à l'appui. Cette chasteté prolongée nuirait-elle gravement à ma santé et ma longévité ? Force est pourtant de constater que les histoires foireuses, que j'ai accumulées pendant dix ans avant de mettre la clef sous la porte, m'ont causé un paquet de stress, de migraines et d'insomnies. Difficile de croire qu'une prolongation de cette politique m'aurait été plus salutaire...

La série de zouks se termine et le DJ passe au rock. Depuis le début de la semaine, je scrute sans succès la piste à la recherche de bons danseurs. Je suis en train de souffrir le martyre sur un tube des Forbans avec un mauvais rockeur, me demandant à chaque passe s'il ne va pas me déboîter l'épaule, quand deux yeux gris perchés à plus d'un mètre quatre-vingt approchent de nous.

— Je réserve la prochaine, si mademoiselle a toujours son bras.

Je pouffe d'un rire nerveux, qui se change en irrépressibles hoquets dès que je tente de le contenir. Vexé, mon partenaire prend la mouche et me plante au milieu de la piste. Le nouveau venu se présente aussitôt devant moi.

— Camille, pour vous servir. Désolé, mais vous conviendrez que cet individu n'a pas plus de manières que de technique.

— J'en conviens. Que me proposez-vous en échange ?

— Les deux. Si vous voulez bien me suivre…

Camille me tend la main et nous place d'un geste ample en position classique de départ : face à face, ma main gauche sur son épaule, sa main droite sur ma taille, les yeux dans les yeux. Le DJ envoie *I'm gonna knock on your door*.[2] Sans avoir besoin de nous consulter, nous démarrons sur le même temps. C'est un rock lent et je constate avec plaisir que mon cavalier et moi sommes totalement en phase. Nous utilisons le même pas de base, les passes s'enchaînent sans accroc, ce qui est rare lors d'une première danse avec un nouveau partenaire. Voyons s'il tient la distance…

— On se traîne pas un peu, là ?

— Je trouve aussi. Plus vite !

Le DJ fait signe à mon partenaire qu'il a entendu. Il poursuit la série de rocks avec *Lili voulait aller danser* et nous passons la troisième en douceur. Camille est un danseur énergique, précis, très attentif à sa cavalière. Un cercle se forme autour de nous. *Lili* s'achève sous les applaudissements quand une femme hurle : « Une autre ! » Décidé à nous virer de la piste, le DJ lance *C'est lundi* de Jesse Garon.

— Prête à passer la cinquième ?

— Ça roule.

— Attache ta ceinture !

C'est un tempo ultrarapide et je dois m'accrocher à la main de Camille pour ne pas m'envoler. Les spectateurs frappent des mains en mesure. Les pivots, pas de valse, toupies, balancés se succèdent à toute allure. Si je perds le regard de mon partenaire et que je rate sa main, je pars en vol plané dans le public. Mais nous tenons le rythme jusqu'à la fin du morceau et je me retrouve en position finale de renversé au bord de l'asphyxie. Je ne m'étais pas éclatée à ce point depuis longtemps.

Je remercie mon cavalier avec une révérence digne de la cour de Louis XIV… et je prends la poudre d'escampette. Il a l'élégance de ne pas me courir après, me lance juste :

— Je compte sur toi pour les prochains rocks !

Je récupère une bouteille d'eau au bar, quand Céline surgit à mes côtés.

— Belle bête ton rockeur. Il fait quoi dans la vie ?

— Aucune idée. J'ai pas eu le temps de lui demander.

— Si tu détales dès qu'un mec s'intéresse à tes

charmes… Comment tu peux savoir si c'est le bon cheval si tu lui demandes pas son pedigree !

— La prochaine fois, tu auras son CV complet, promis.

— Et demande s'il est maqué. Ici, t'as à peu près autant de vrais princes charmants qu'à Disneyland…

---

1. alezan : cheval dont la robe et les crins sont de couleur fauve tirant sur le roux.

    bouchonner un cheval : lustrer son poil avec un bouchon de paille.

    Céline travaille dans un haras, ce qui explique son goût immodéré pour le vocabulaire équestre.

2. *I'm gonna knock on your door* : signifie en anglais « Je vais frapper à ta porte ».

OBJECTIF 1 : OK

*D*éjà mercredi… Je passe la journée avec Lila et mes collègues danseuses du ventre sur la préparation du Dreamers-Dream Guides Show. J'en profite pour sécher la mousse-party : je veux bien rajeunir, mais pas retomber en enfance. Le soir venu, nous nous retrouvons toutes sur le plateau du théâtre pour les ultimes répétitions. J'ai l'habitude des spectacles à l'arrache mais là, c'est quand même le pompon. La plupart des participants sont tétanisés par le trac, ne se souviennent subitement de rien, courent en tous sens. Les femmes vont mater les hommes à moitié à poil dans leur vestiaire. Seuls les plus sûrs d'eux ayant accepté de participer au spectacle, ces messieurs font semblant de ne rien remarquer et prennent grand plaisir à exhiber leur bronzage et leurs biscotos.

J'ai à peine enfilé mon costume de danseuse orientale – un sarouel de coton noir, un soutien-gorge pailleté et un foulard qui fait gling gling autour des hanches – qu'il faut déjà se mettre en place dans les coulisses. Les gradins sont bourrés à craquer, mon public dépasse largement les cent personnes objectivées en début d'année… Gabriel, toujours fier comme un bar-tabac, ouvre le spectacle avec les meilleurs éléments de son cours de fitness. Il est vêtu d'un short et d'un tee-shirt si moulants qu'on peut admirer la moindre courbe de son corps parfait et compter à dix mètres les carrés de chocolat de son estomac. Ses élèves, des femmes entre vingt et quarante ans habituées des salles de sport, rivalisent d'élégance dans leurs tenues siglées. L'enchaînement de step présenté par le groupe est impressionnant de technicité. Gabriel dirige la chorégraphie d'une voix de stentor et son armée de Lara Croft, large sourire aux lèvres, le suit dans un ensemble quasi mécanique. De quoi déprimer toute féministe qui se respecte…

Leur numéro achevé, le rouquin et ses sportives saluent la foule enthousiaste et se glissent dans les coulisses pour assister à la suite du spectacle. Gabriel me frôle comme si j'étais un morceau du décor et se planque quelques mètres plus loin. Je n'ose pas me retourner mais je perçois nettement sa présence derrière moi, comme si un lien invisible s'était matérialisé entre nous, ou qu'il me plantait son regard entre les omoplates. À moins que je ne prenne mes rêves pour la réalité…

Je n'ai pas le temps de m'appesantir sur cette palpitante question car les premières notes de *Salma ya salama* retentissent et, au signal de Lila, je m'avance sur le plateau avec des ondulations de serpent à sonnettes. Je ne sais pas si notre technique serait validée par les pro de la danse du ventre, j'en doute, mais nous sommes toutes synchrones et nos foulards pailletés brillent de mille feux : le numéro fait un triomphe. À notre retour dans les coulisses, nous sommes submergées d'éloges.

À la fin du spectacle, gonflées à bloc par notre succès, nous courons saluer, nous gorger de bravos et de sifflements joyeux. Pour conclure en beauté, les magic steps sont lancés. Je me retrouve face au public en compagnie de la Dream Team et de tous les participants. Loin d'être au point, je regrette de ne pas m'être plus entraînée avec Lila le midi autour de la piscine. Pourtant, je vole sur la scène. Pour la première fois du séjour, je suis pleinement dans la joie, l'ambiance et la musique, sans me poser de questions.

ZORRO CONTRE TARZAN

*A*près le show, je rejoins la piste de danse. Camille y fait déjà zouker une des Lara Croft de Gabriel. Quant à Céline, elle est en grande discussion avec Fred au bar. Je suis à peine arrivée qu'un quinquagénaire en bermuda et nu-pieds m'invite sur *Kolé Séré*. Ne voulant pas passer pour une pimbêche, j'accepte.

— J'ai vu la danse du ventre. T'étais sacrément sexy !

— Merci…

Son souffle court empeste l'alcool et je regrette bien vite ma B.A. D'autant plus que mon cavalier profite de la danse pour se coller contre moi.

— Tu te rappelles de moi ? Je suis Bruno.

Bruno ??

— On vous a mis une belle raclée à la pétanque, au rouquin et à toi. Sans rancune, hein ?

— C'est le jeu.

— Au fait, tu as quel âge ?

— Pourquoi tu me poses cette question ?

— Tu ne veux pas dire ton âge ? Tu peux me le dire.

Et sur le ton de la confidence :

— Moi, je fais jeune mais j'ai cinquante-cinq ans. Pas mal, hein ?

— En effet…

— Alors, t'as quel âge ?

Quel casse-bonbon.

— Trente-neuf.

— Trente-neuf ! C'est bon alors.

Allo ?

— J'avais peur que tu me trouves trop vieux.

Drelin ! Ma cervelle vient de klaxonner énergiquement. Ne voyant pas comment répondre à une insinuation aussi grossière, je fais la fille qui ne comprend rien, rôle qui m'a sauvé la mise plus d'une fois. Malheureusement mon prétendant, qui est bien éméché et n'a sans doute jamais entendu parler de psychologie féminine, ne saisit pas du tout le message.

— Tu veux visiter mon bungalow ? me glisse-t-il soudain d'un air égrillard en plaquant son bassin contre moi de façon suggestive.

— QUOI ???

Horrifiée, je repousse violemment Bruno qui perd l'équilibre et me pousse à son tour en gueulant :

— POUR QUI TU TE PRENDS ? À ton âge, il ne faut pas être trop exigean…

PAF ! Camille bouscule le fâcheux et lui colle une

gifle monumentale. Il soulève Bruno par le col, quand Gabriel jaillit de la foule et s'interpose entre les deux hommes.

— Tu te calmes Zorro, OK ?

Camille lève les mains et recule. La musique s'arrête. Bruno, le visage empourpré par l'alcool et la baffe, rajuste ses vêtements.

— C'est à cause d'elle ! C'est elle qui m'a…

— Toi, tu vas te coucher. Maintenant. Et demain, je veux pas te voir au bar.

La mine du DG étant aussi aimable que celle de mon chevalier servant, le pétanqueur file sans demander son reste. Gabriel s'avance vers moi, qui tremble sous la colère et l'indignation.

— Ça va ?

Je me force à sourire.

— Rien de grave.

— La prochaine fois, évite de danser avec des types bourrés.

J'acquiesce piteusement. Camille prend aussitôt ma défense.

— C'est bon Tarzan, il n'y a pas tatoué « pochtron » sur leur front.

Tout le monde se fige de stupeur. Le DG se tourne vers l'imprudent sans se presser et fait un pas dans sa direction. Sans réfléchir, je m'approche de Gabriel et pose brièvement une main sur son épaule. Il interrompt son mouvement, fusille Camille du regard et retourne au bar d'un pas vif ; la foule s'écarte pour le laisser passer.

Le DJ enchaîne avec pas mal d'à-propos sur *Cœur de loup*. La fatigue du show me tombe dessus d'un coup et je me retrouve au bord des larmes. Quel message subliminal ai-je pu envoyer à ce pauvre type pour qu'il envisage de m'emprunter pour la nuit comme un DVD de vidéothèque ? Camille me dévisage avec inquiétude. Puis il s'approche de moi et me prend dans ses bras.

— C'est fini.

Surprise par le geste, je m'abandonne un instant à son étreinte. Mais j'ai vite l'impression d'étouffer ; aussitôt il me libère.

— Tu veux boire quelque chose ?

— Non merci, je suis crevée. Je vais rentrer.

Je le remercie pour son intervention et m'éloigne déjà, quand il me rappelle.

— C'était super la danse du ventre !

SI L'AMOUR ÉTAIT UN PLACEMENT...

Quand je sors du bungalow ce jeudi matin, je réalise pleinement pour la première fois que je suis à Indinonis. Il fait plus de vingt-cinq degrés, le ciel est sans nuage, je chemine au milieu des palmiers dans du beau sable blanc... Je songe à mes amis qui se caillent à Paris, à ceux qui peinent déjà au boulot entre quatre murs pendant que je me dirige le nez au soleil vers la piscine avec une seule idée en tête : restera-t-il des pains au chocolat ? Je croise un inconnu, qui me sourit de toutes ses dents.

— Bravo pour la danse orientale !

Je n'en reviens pas. Me voici reconnue dans les allées du village ! Les trois greluches de la sortie à cheval, qui se morfondent devant leur bungalow, me saluent avec un enthousiasme inattendu. Les sourires se succèdent, avec ou sans commentaire : je suis définitivement sortie de mon statut de femme invisible.

À midi je retrouve Céline, qui dort à moitié dans son assiette.

— Salut la star. T'as mis le feu au *dancefloor* hier !

— Star du bac à sable…

— Les mecs se *fight* [1]pour toi. C'est trop la classe.

— Gabriel m'a traitée d'allumeuse…

— Mais nooon. Fred a halluciné. Il dit que Gab se bouge pas si vite d'habitude.

— Vraiment ? Qu'est-ce qu'il a dit d'autre ?

— Rien. Après on a causé gastronomie. Sans dec, il est trop doué. Tiens, voilà le rockeur masqué…

Camille vient d'entrer dans le restaurant avec un groupe de Dreamers. Il se dirige vers notre table, son plateau à la main. Céline applaudit à son approche.

— Chanmé le coup de la baffe hier. J'étais sur le cul !

— Moi aussi. Tarzan qui doit me rappeler à l'ordre, c'est le monde à l'envers.

Je balaie ses scrupules.

— Tu n'as rien à te reprocher. Je n'avais pas vu qu'il était bourré à ce point.

— Disons que je préfère agir de façon plus… civilisée.

— Si Flamme avait envoyé péter ce sac à vin au lieu de vouloir faire la fille civilisée, il se serait pas fait baffer. Moralité : l'abus de civilisation peut nuire gravement à la santé !

— Tu marques un point. Dans ce cas, tu ne verras pas d'objection à ce que j'enlève Flamme ce soir pour dîner ?

— Et si tu m'enlevais plutôt moi ? J'ai toujours rêvé de me faire kidnapper par un homme civilisé…

Puis elle me file un grand coup de pied sous la table, en ajoutant une horrible grimace. Je sursaute.

— Avec plaisir.

— 20 heures ?

— C'est parfait.

Nous suivons du regard la haute silhouette de Camille qui s'éloigne. Sans doute pas loin de quarante ans, cheveux poivre et sel, très beaux yeux gris : il a indéniablement du charme et de la classe.

— Alors, slip ou string ?

— Slip pour ce soir : je ne voudrais pas passer pour une fille facile.

— Ce que t'es vieux jeu… En tout cas, si tu lâches l'affaire je prends le relais ! Ce genre de percheron[2], je kiffe trop.

— J'étudie l'animal et je te dis demain si je le prends à l'essai.

Cet après-midi, il doit faire près de trente-cinq degrés. J'en profite pour lézarder sur mon lit. Suis-je prête à cramer mes slips pour Camille… Pour lui ou pour un autre. N'en déplaise aux magazines féminins, être *Freed from desire*[3] procure d'énormes avantages. En effet, si j'additionne les heures et les jours passés à :

69

- fréquenter des endroits bruyants et objectivement sans intérêt dans l'espoir de rencontrer un homme ;
- attendre qu'un homme m'appelle ;
- déprimer parce qu'il n'appelle pas ;
- faire les magasins, m'habiller, me coiffer, me maquiller, m'épiler, me muscler, me manu et pédicurer pour lui ;
- rêver de lui, d'un autre – parfois des deux – dès que j'ai dix secondes ;
- déprimer parce qu'il ne veut pas de moi ;
- déprimer parce qu'il ne veut plus de moi et n'a pas le courage de me le dire ;
- déprimer parce que je ne veux plus de lui et n'ai pas le courage de le lui dire ;
- déprimer parce qu'il m'a plaquée ;
- culpabiliser parce que je l'ai plaqué ;
- médire des hommes avec mes copines ;
- consoler les copines qui vont se faire plaquer, se sont fait plaquer ou envisagent de plaquer ;
- déprimer parce que je n'ai plus d'homme du tout…

Si j'additionne tout cela, je m'aperçois que l'homme représente un investissement exorbitant, sans commune mesure avec le bonheur qu'il me rapporte. Si l'amour était un placement, il ferait partie des *junk bonds*.[4] Et si l'on pouvait recycler l'énergie gaspillée dans les histoires d'amour foireuses, tous les pays du monde gagneraient leur indépendance énergétique. La vérité, c'est que les femmes n'ont pas besoin des hommes. Cette idée est un mythe, un scandale, une mystification, la plus grosse arnaque de tous les temps.

Pas facile pourtant de se sevrer des mâles. Pendant des années, chaque fois que je retombais en célibat, je me sentais comme une mamie sans son déambulateur. N'était-il pas inscrit dans mon inconscient, sinon dans mon ADN, que la vie ne valait pas d'être vécue sans un jules ? J'ai alors testé les relations courtes, les longues, les intermittentes et enfin – dans un éclair de lucidité – l'absence de relation. Le problème n'était pas celui-ci ou celui-là, c'était l'homme tout court. Quand j'ai décidé de vivre seule plutôt que mal accompagnée, ma vie s'est considérablement améliorée.

Les premières années furent pourtant difficiles. Tu ne te désintoxiques pas du sexe fort comme tu arrêtes de cloper. Il y a trop de couples autour de toi, de copines en manque, de tentations de rechuter. Pourtant, d'un point de vue pratique le célibat m'a permis de progresser de façon spectaculaire. Démarches administratives, gestion, bricolage, organisation, etc. La liste des compétences que j'ai développées est interminable. Ayant du temps libre à ne plus savoir qu'en faire, j'ai exploré toute activité ou sujet qui m'attirait sans craindre les critiques ou les sarcasmes. Mes lectures se sont considérablement diversifiées. J'ai fréquenté salles de sport, chorales, cours de danse ; je me suis formée en langues et en informatique. J'ai pris d'énormes risques pour tenter de donner du sens à ma vie. J'ai consacré des milliers d'heures à d'improbables projets, tant personnels que professionnels. J'ai pu progresser à mon rythme, échouer maintes fois sans que quiconque s'interroge sur mes capacités ou mon potentiel.

Devant me prendre totalement en charge, j'ai appris à gérer mon énergie, à la mobiliser au bon moment. Je sais désormais me relever seule quand je rate un obstacle, repartir malgré la fatigue et le découragement. Au final, n'ayant personne pour me dire quoi penser ou contredire mes opinions, j'ai découvert ma véritable identité, mes propres valeurs. Une fois maîtresse de mes corps, cerveau et destinée, le prince charmant a perdu pas mal d'attraits. À quoi pourrait-il désormais me servir, puisque je sais tout faire et n'ai objectivement besoin de personne ?

Au bout de dix ans de liberté, de croissance et de réflexion, j'ai trouvé la réponse. Je cherche le prince charmant parce que désormais, toute seule, je m'ennuie. C'est tout.

Bon, qu'est-ce que je mets ce soir ?

---

1. se fighter : verbe argotique dérivé de l'anglais *to fight*, combattre.
2. percheron : race française de chevaux puissants destinés à tirer des attelages.
3. *Freed from desire* : signifie en anglais « libéré du désir ». Titre d'une chanson du groupe Gala.
4. *junk bonds* : signifie en anglais « obligation pourrie ». Produit financier à haut risque à l'origine de la crise économique de 2008.

DE BEAUX CHROMOSOMES

*P*our tester Camille, j'arrive à 20 heures pile au restaurant. La ponctualité d'un homme est en effet un bon indice de respect. Qu'espérer d'un homme qui estime que je n'ai rien d'autre à faire que de poireauter à une table en attendant son bon vouloir ?

À ma grande surprise, mon chevalier servant patiente déjà devant le bâtiment. J'apprécie son élégance décontractée : polo gris assorti à ses yeux, pantalon et baskets en toile. Camille est le genre d'homme qui peut passer du costume-cravate au short sans paraître engoncé dans l'un ou ridicule dans l'autre. Il s'occupe de son look, en a les moyens et ça se voit.

Il prend immédiatement le volant de la soirée, me précède pour ouvrir la porte du restaurant, me conseille sur le menu, me conduit à la meilleure table de la terrasse qu'il a pris soin de réserver avant mon arrivée, il attend que je m'asseye avant de s'asseoir lui-même… Il enchaîne ces petites attentions sans cérémonie, naturellement, sans marquer la moindre hésitation. Je constate avec horreur que j'adore ça.

Nous passons la suite du repas à explorer nos parcours respectifs. Camille est bordelais. Il est directeur commercial d'une grosse boîte, divorcé depuis deux ans, sans enfant, bel appart, bonne situation : un profil de quadra diplômé assez banal, comme il le reconnaît lui-même. Il est venu ici pour se détendre et plus si affinités. Mon profil d'ancienne *executive woman* recyclée dans le show-biz lui paraît hautement exotique.

— Tu t'es donné encore combien de temps pour réussir ?

Mauvaise pioche. Mes proches m'ont si souvent posé cette question, que j'en ai fait une indigestion.

— Je suis en train d'y réfléchir… Et toi, tu aimes ton boulot ?

— Les avantages financiers compensent les inconvénients.

Camille avoue avec une pointe de regret n'avoir jamais ressenti le *Blues du businessman*. Il envie les gens qui ont un rêve et sont capables de se battre pour le réaliser. Cependant il est heureux de son parcours, en paix avec lui-même.

— Tu vis seule depuis longtemps ?

Par mesure de prudence, je préfère ne pas balancer mes dix ans de chasteté à la figure de mon soupirant, qui est un homme bien sous tous rapports.

— Quelques années…

— Des aventures de temps en temps, j'imagine.

— Pas trop, non.

— Moi non plus, le divorce a été difficile à digérer...

Cet homme me plaît. Il dégage quelque chose de fort, de doux et de rassurant, dont je parlerais volontiers à mon psy si j'en avais un. Quand je le vois assis en face de moi dans cette salle de restaurant, je n'ai aucun mal à m'imaginer avec lui dans d'autres scènes : courses au supermarché, sorties au cinéma, dîners entre copains, fêtes de famille... Il fait partie de la catégorie mari-gendre idéal qui fait rêver les femmes, séduit les mères et amadoue les pères les plus méfiants. Je ressens une envie quasi-irrésistible de me jeter dans ses bras comme sur un oreiller moelleux...

Le restaurant est désormais vide. La musique du théâtre nous parvient pendant que les serveurs débarrassent les dernières tables. Nous poursuivons la discussion sur les transats de la piscine, peu fréquentés à cette heure. Camille finit par aborder un sujet que j'ai soigneusement évité jusque-là.

— Tu envisages d'avoir des enfants un jour ?

— Quelle est la bonne réponse ?

Avec les hommes, tu ne peux jamais savoir. S'ils ont moins de trente ans, il vaut mieux temporiser. Après, c'est vraiment du cas par cas. À presque quarante ans, si je dis oui je passe pour une désespérée qui cherche un géniteur ; si je dis non je passe pour une égoïste et si je prétends être sans opinion pour une menteuse. Camille sourit, hésite à répondre.

— Je ne sais pas. J'avoue que je ne suis pas très motivé. Et toi ?

— J'aimerais vivre une belle histoire, avec ou sans enfant.

— Vraiment ?

Je savais bien qu'il ne me croirait pas ! Combien de femmes normalement constituées ne cherchent pas à se reproduire avant que la ménopause ne leur fauche les ovaires ? Cependant, à bientôt quarante ans je dois regarder les choses en face ; dans trois à cinq ans, je n'aurai peut-être plus la possibilité de choisir.

— Quand on a de beaux chromosomes comme les tiens, c'est dommage de les laisser perdre, non ?

Vers 2 heures, chacun reprend le chemin de son bungalow. J'atteins le milieu de la palmeraie, à peine éclairée par les étoiles et quelques lampions, quand j'entends des pas derrière moi. Sans doute un autre Dreamer qui a déclaré forfait pour ce soir ; probablement un voisin car il me suit quasiment jusqu'à chez moi. Avant d'entrer, je tente de l'apercevoir dans la pénombre. Sans succès…

LA DREAM PARTY

— Même pas un petit bisou ??

Allongées sur les transats face à l'océan, Céline et moi profitons du calme de cette plage réservée au Dream Camp.

— S'il me prend encore dans ses bras, je n'aurai plus le courage d'en sortir. Moi qui croyais être sevrée des mecs… Un petit shoot de testostérone et je rechute.

— C'est peut-être de la bonne ! Paris-Bordeaux en TGV, ça le fait.

— Hum…

— Tente une dose ce soir. Si tu pars en *bad trip*, tu lui files mon numéro.

— Vous feriez un drôle de couple.

— Pourquoi ? Je suis pas assez classe pour lui ?

— J'ai pas dit ça, mais Camille a l'air d'avoir une vie très rangée.

— Justement, il doit s'emmerder à mort ! Il attend peut-être que ça, qu'une femme le dérange.

— Tu veux libérer le prince charmant de sa prison dorée ?

— Pourquoi pas ?

— Salut les filles !

Lunettes de soleil rouges en forme de cœur et casquette du club vissée à l'envers sur la tête, Fred se plante devant nos deux transats.

— Ce soir mes chéries, c'est la Dream Party. Rendez-vous à la piscine à 20 heures. On a une surprise pour vous.

— Quel genre de surprise ?

— Une surprise du genre masculin…

— Compte sur nous, mon biquet !

— N'oubliez pas le *dress code* : bleu et argent. Faites-vous belles !

En fin d'après-midi, je passe à la réception me renseigner sur les horaires du départ. Mon arrivée ayant été décalée en fin de journée dimanche dernier, j'espère quitter Indinonis après-demain avec le dernier vol. En découvrant les listes par avion, j'ai un sursaut d'indignation : je pars du village avec une dizaine de péquins à sept heures moins le quart, alors que le gros des troupes ne rentre à Paris qu'en milieu d'après-midi. Je vais illico me plaindre de cette injustice à Sami, un DG de la réception, qui est bien ennuyé. Il me promet d'essayer de changer le vol, mais n'est guère optimiste.

Je rentre ensuite me préparer pour la Dream Party. N'ayant rien d'argenté dans ma valise, j'enfile un cache-cœur en lin turquoise avec une jupe en jean. J'ajoute un foulard bleu ciel en viscose, des nu-pieds et me voilà dress codée pour la nuit.

Quand j'arrive au bar, je suis bluffée. Le restaurant, délocalisé autour de la piscine, disparaît sous des voiles bleu marine saupoudrés de paillettes argentées, qui scintillent sous les spots multicolores. Les animatrices, costumées en danseuses de cabaret, chauffent gentiment la foule sur un podium. Après le repas, les DG invitent les vacanciers à se rendre au théâtre pour les magic steps. Les animateurs, chiquissimes dans leur costume bleu marine, gilet blanc pailleté et panama assorti sur la tête, sont perchés sur le toit du bâtiment ; Céline et moi les suivons en rythme le nez en l'air.

— T'as perdu ton rockeur, biquette ?

— Pas vu de la journée. Il se fait désirer.

— Bonne stratégie.

— Excellente…

Notre discussion est soudain interrompue par un chœur de « Aaahhh ! ». Les hommes viennent de tomber la veste au milieu de leur chorégraphie, ce qui fait rappliquer le public féminin vers le théâtre avec des mines réjouies.

— Je sens que je vais kiffer grave la surprise…

Quand gilets et chemises s'envolent du toit, la température monte d'un cran. Les DG sont pour la plupart bien musclés, à l'aise dans leur corps et soutenus avec beaucoup d'enthousiasme par les deux cents nanas qui fantasment sur eux depuis cinq jours. Groupées face au théâtre, nous contemplons les neuf danseurs avec une adoration quasi mystique, mettant tout notre cœur à calquer chacun de leurs gestes pour obtenir une chorégraphie sans faute. Au centre du groupe, je repère Gabriel dont le torse couvert de paillettes brille comme une constellation.

— Finalement, je vais peut-être me lever pour le cours de fitness…

— Enfin une parole sensée.

Quand les DG passent au pantalon, je me surprends à hurler de joie comme toutes les autres femmes. Les yeux rivés sur le toit du théâtre, nous oublions instantanément tous les hommes qui nous entourent. Ils se sont arrêtés de danser et contemplent cette hystérie collective avec agacement. Les plus malins filment le *strip-tease* de leurs concurrents ou les prennent en photo… Soudain, les DG en slip disparaissent du toit : clameur de déception, sifflets. Le public féminin s'arrête de danser pour exiger la mise à nu.

— La totale ! La totale ! Remboursez !!!

Nous nous déchaînons comme des furies, Céline siffle à me percer les tympans.

— AAAHHH !

Les DG réapparaissent à poil sur le toit, leur slip roulé dans une main en guise de cache-sexe. Nous applaudissons à tout rompre, braillons à nous péter les cordes vocales. Les copains autour sont consternés et attendent patiemment que les rois de la fête aient fini leur show. Mais il fait très bon ce soir et leurs majestés ne sont pas pressées de se rhabiller. Ils dansent quasi nus pendant quelques minutes puis nous tournent le dos, s'immobilisent et lancent leurs slips en l'air. Ovation, trépignements, crépitement des flashs, hourras : le strip-tease des DG fait un tabac chez les femmes. Quant aux hommes, ils applaudissent poliment ne voulant pas passer pour des pisse-froid.

Leur numéro terminé, les strip-teasers viennent se pavaner en slip au milieu de la foule pour le plus grand plaisir de leurs fans. Voyant Gabriel et Fred à moins de cinq mètres, Céline réagit très vite.

— On fait une photo avec eux ?

Je n'ai pas le temps de répondre qu'elle saute sur les deux chippendales pour demander leur permission. Ils s'y prêtent de bonne grâce, sans doute la routine pour eux. Elle réquisitionne également Bruno, qui collecte les mails des femmes intéressées par son reportage. Pas rancunier, il accepte de nous photographier avec son appareil dernier cri. Fred se colle d'office entre Céline et moi.

— Ça vous dit les filles un bain de minuit avec un vrai mec ?

Céline fronce les sourcils.

— Toutes les deux ?

Voyant que je n'ose pas le toucher, Gabriel prend ma main et la pose sur sa taille, ce qui me file des frissons.

— Avec Gab si vous voulez.

— Tu peux pas fermer ta grande gueule de temps en temps ?

— Si on peut plus rigoler…

Bruno lève une main.

— On ne bouge plus. Cheese !

Flash.

J'en aurais bien profité pour échanger quelques mots avec Gabriel, mais la brunette aux airbags lui tombe soudain dans les bras et le tire par la main en miaulant. Le bel athlète résiste un peu pour lui montrer qui commande et finit par la suivre en traînant les pieds. Céline me file une bourrade.

— C'est sûr qu'on lui ferait bien faire un petit tour de manège.[1]

Fred nous enlace toutes les deux.

— Vous avez fini de mater le cul de mon pote ?

— Sacré pur-sang !

Fred soupire avec un air chagrin.

— Dommage qu'il soit un peu coincé.

— Coincé ?

— À part les filles, il s'intéresse pas à grand monde. Franchement c'est un super poteau, je l'adore, mais il faut bien reconnaître qu'il manque d'ouverture d'esprit.

Deux infirmières en jarretelles et talons aiguilles arrivent alors avec des déhanchés de top-modèles. Elles se plantent devant Fred avec des poses lascives.

— Tu fais une photo avec nous, chéri ?

— Pas de regrets, mesdemoiselles ?

— Deux filles pour toi tout seul ? Pour qui tu nous prends, mon poulain ? C'est pas les soldes !

Fred soupire. Les deux représentantes du corps médical nous *ksss ksss* d'un air méprisant et embarquent Fred manu militari. Je les suis des yeux, songeuse. Ma copine me file un coup de coude. Je sursaute.

— Quoi ?

Je me retourne. Camille est à deux mètres derrière nous.

— Tarzan : 1 – Zorro : 0…, nous lance-t-il en approchant.

Oups. À la pensée qu'il nous a vues nous égosiller avec la meute, je deviens cramoisie.

— Tu es là depuis longtemps ?

— Pas mal de temps, oui…

Camille nous considère toutes les deux avec perplexité. Céline ne se laisse pas démonter, elle déshabille notre compagnon du regard avec un air gourmand.

— Je suis sûre que tu ferais un chippendale d'enfer !

— C'était l'effeuillage ou le portefeuille. J'ai choisi le second. Évidemment, c'est moins sexy…

— Moi, je trouve que t'as le portefeuille hyper sexy. Pas vrai, Flamme ?

— Sûr ! Et puis, l'essentiel c'est d'avoir la cote !

Bruno, qui s'est approché pour noter le mail de Céline, considère son ancien adversaire avec satisfaction. Puis il lui assène perfidement le coup de grâce.

— C'est sûr qu'on n'a plus vingt ans tous les deux. Qu'est-ce que tu veux : on peut pas être et avoir été…

Puis, son forfait accompli, il s'éloigne sans s'attarder. Camille ne prend pas la peine de répondre, mais il est touché. Je tente d'alléger l'ambiance.

— On peut être et avoir été un crétin, la preuve.

— Quel âne bâté, renchérit Céline. Viens, on t'offre un verre !

— Non merci. Ça ira pour aujourd'hui.

Nous le suivons des yeux, pas très fières. Céline soupire.

— Il en a de bonnes Zorro, on est quand même des femmes.

---

1. manège équestre : lieu où se déroule l'entraînement des chevaux et des cavaliers.

LA HOT-LINE

*E*n retournant dans mon quartier après ce lamentable épisode, je suis accueillie par des soupirs et des gémissements provenant des bungalows voisins. Un vrai concert, ma chambre est cernée. Je sursaute en apercevant Fred. Pieds nus, vêtu du pantalon, du gilet et du panama, il m'attend sur les marches du bungalow.

— Je m'occupe de la hot-line. C'est inclus dans ton forfait. Satisfaction 100 % garantie. Excellent pour la santé. À consommer sans modération.

— Déjà lassé du corps médical ?

— Trop facile. Elle t'a plu la surprise ?

— Un vrai piège à filles.

Fred apprécie le compliment.

— On dirait que Zorro l'a pas trop bien digéré… Pauvre vieux !

Il se pousse pour me laisser atteindre la porte. Mais je sais bien que si j'ouvre, malin comme il est, je vais avoir du mal à l'empêcher d'entrer. Je m'adosse au battant et lui fais face. Autour de nous, les voisines semblent concourir pour le prix du meilleur doublage de film érotique, ce qui engendre une atmosphère sensuelle qui titille mes sens engourdis.

— Et toi Fred, tu as quel âge ?

— Dix-huit.

— Dix-huit !!!! Je croyais que tu avais au moins vingt-deux ans !

— Et alors ? Je suis majeur. J'ai le droit de voter et de coucher avec des centenaires si ça me chante.

Et il entonne :

— Il venait d'avoirrr dix-huit ans, il était beau comme un enfant…

Et se collant contre moi :

— … forrrt comme un hooomme.

Son imitation de Dalida est excellente et je pars dans un fou rire que Fred prend pour un encouragement.

— Alors beauté, tu veux que je te fasse découvrir un ciel superbe ? J'ai les mots d'amour en option.

— Tu ne les trouves pas dérisoires ?

— Ils peuvent pimenter la chose. Donc, au menu ce soir chère mademoiselle, je vous propose : amuse-bouche en entrée, mottelette[1] farcie, dinde fourrée et saucisson brioché en plats, bonbon picoré, biscuit trempé ou abricot ramoné en dessert. Et comme boisson…

— Merci, ça suffira. Très alléchant…

— Je précise que le service est aussi raffiné que la cuisine, on est pas au fast-food.

Fred plonge ses grands yeux noirs dans les miens.

— Si t'as pas au moins trois orgasmes avant le lever du soleil, je te rembourse ta semaine au Dream.

— Trois !

— C'est jamais arrivé. De rembourser, bien sûr.

Mon corps affamé aurait clairement envie de laisser entrer cet audacieux louveteau ; ma tête s'y oppose catégoriquement ; mon cœur s'abstient diplomatiquement. Dix-huit ans !

— Non merci.

— Tu veux commencer sur le palier ?

— Je ne couche pas avec les prématurés. Présente-moi plutôt ton père.

— Oh chérie, toutes les pièces ont été livrées ! Et mon père, il a soixante-cinq balais.

— Un grand frère alors ?

— Marié, trois gosses. Goûte avant de dire que t'aimes pas ! Au moins tu consommeras un produit frais au lieu d'une conserve ou d'un vieux surgelé.

Fred réussit à me piquer la clef du bungalow dans la poche. Je bataille mollement pour la récupérer quand les voisins entament leur final. Nous interrompons notre lutte, fascinés par une telle synchronisation.

Je suis sur le point de rendre les armes quand le visage consterné de Camille me traverse l'esprit. S'il me voyait… Au même moment le silence retombe sur la palmeraie, ce qui me permet de recouvrer mes esprits.

— Je crains l'addiction.

— Aucun risque. Je suis beaucoup trop superficiel.

Je repousse doucement mon jeune ami.

— J'en doute.

J'ai répondu très sérieusement et Fred se trouble.

— C'est à cause du banquier ?

— Il n'est pas banquier !

— Il a une tête de charlatan. Tu perds ton temps avec lui : un intello + une intello = 2 frustrés, c'est mathématique.

— Et $39 - 18 = 21$ donc une génération. Imagine la tête de ta mère si elle nous voyait !

Fred hausse les épaules.

— Mon père a vingt-cinq ans de plus qu'elle, il manquerait plus qu'elle me fasse la morale.

— C'est moi qui dois faire un blocage.

— Tu parles d'une femme libérée…

Je me demande alors si Fred n'a pas raison : serais-je totalement réac ?

— Je peux quand même pas te forcer.

Il dépose un chaste baiser sur mon front, ce qui doit me classer dans la catégorie des coincées irrécupérables…

— À ton service.

… et il disparaît dans la pénombre. Je m'écroule sur le palier la tête dans les mains, partagée entre doutes, frustration et soulagement.

1. mottelette, bonbon, abricot : en argot, désignent le sexe féminin.

     dinde : une femme en langage argotique.

     saucisson, biscuit : en argot désignent le sexe masculin. « Tremper son biscuit » est une expression argotique courante pour dire « faire l'amour ».

LA THÉORIE DE LA MOULE

*J*e me réveille samedi vers 11 heures avec un début de migraine dû au manque de sommeil et une douleur assez gênante dans le cou. Qu'est-ce que j'ai bien pu fabriquer ? Puis je percute : c'est à cause du strip-tease sur le toit. À force de rester la tête penchée en arrière à m'extasier sur les pectoraux et les fesses de Gabriel, j'ai attrapé un début de torticolis…

Je rejoins Céline à son bungalow et lui fais le compte-rendu de la soirée.

— T'as dit non à Fred ?? Si j'avais su…

— Il était en service commandé ?!

— Je voulais te mettre le pied à l'étrier ! Vu que c'est grillé avec le rockeur… Il te plaît pas ?

— J'ai le double de son âge !

— Les canceva[1] c'est *free-zone* biquette, faut lâcher la bride !

— De toute façon, ça va trop vite pour moi. Salut,

on baise ? C'est pas possible. Je me sens comme une banque qu'on tente de cambrioler.

— Quelle bourrique. T'as quoi de si précieux dans ta boutique ?

— Je sais pas, mais pour que les hommes nous butinent comme des fleurs, ils doivent bien nous faucher quelque chose au passage.

Je ne crois pas à cette théorie de la nouvelle vache, qui prétend que les hommes ont un besoin instinctif de nouveauté. Je crois plutôt qu'ils cherchent quelque chose de précis dans le ventre des femmes. Quand ils ne trouvent pas, ils s'enfuient en embarquant la caisse et la femme se sent humiliée. Au fond, je refuse de donner mon corps non par vertu, orgueil ou égoïsme mais parce que c'est souvent un marché de dupes. J'en ai marre de me faire dévaliser le coffre-fort.

— Ils cherchent quoi ?

— La perle bien sûr.

— Ils risquent pas de trouver. Y a pas de perle dans les moules[2] !

— Si, dans les moules perlières : Margaritifera margaritifera. Mais elles sont rarissimes.

— Ça explique tout !

Après le déjeuner, je croise Sami qui me confirme qu'il n'a pas pu changer l'horaire du billet d'avion. D'habitude je m'efforce d'être philosophe, mais là je ne vois aucun avantage à prendre le bus à 7 heures demain matin pour atterrir à Paris à 14 heures pendant que les autres se prélassent sur la plage. J'y retrouve d'ailleurs Céline dans l'après-midi et prends quelques photos, histoire de montrer à mes amis que j'ai bien passé la semaine dans cet éden. Pendant que ma copine peaufine son bronzage, je contemple l'océan en barbotant au bord de l'eau.

— Eh Flamme, mate un peu ça ! On dirait que ton étalon prend la clef des champs.

Elle me montre du menton la petite brune qui se dispute avec Gabriel près de la piscine. Soudain, la jeune fille lui envoie un « Me prends pas pour une conne ! » bien distinct et s'éloigne à grands pas. Gabriel penaud rejoint Fred, qui est mort de rire au bar. J'entends Céline marmonner :

— Voilà qui nous arrange…

— Nous ?

— Je veux dire toi, bien sûr.

— Gabriel court beaucoup trop vite pour moi. C'est même toi qui l'as dit.

Céline hausse les épaules.

— C'était mardi. T'as beaucoup plus la patate maintenant, y a pas photo. Et puis « À jeune cheval, vieux cavalier », tout le monde sait ça !

— C'est possible, mais j'ai beaucoup plus d'heures de vol que de manège…

---

1. canceva : vacances, en verlan.
2. En argot, la moule désigne le sexe féminin.

SUIS-MOI, TU AURAS UN BIEN MEILLEUR DESTIN

*A*près le dîner-spectacle autour du théâtre avec Céline, je me pousse sur la piste de danse afin de profiter au mieux de cette dernière soirée. Les horaires décalés de la semaine me pèsent de plus en plus et je reste contrariée par la perspective de mon départ matinal.

— Pas de chippendale aujourd'hui ?

Camille, look chic en lin crème, me tend un verre.

— C'est le tour des nanas ce soir. Mais j'imagine que ça ne t'intéresse pas…

— Tu imagines bien.

À d'autres… Je goûte le cocktail qu'il m'a apporté.

— Sans alcool : je tiens à mon archaïque statut de gentleman.

— Tu as peut-être tort…

— J'aime aussi que les femmes se souviennent de mon prénom au réveil.

— Céline craignait que tu ne veuilles plus te souvenir du nôtre ce matin…

— Aucun risque.

L'arrivée de mon cavalier attitré décourage les autres postulants pour le reste de la soirée. Il est vrai qu'il met la barre très haut à tous points de vue. La sono limitant les discussions, Camille me propose un tour sur la plage. Il connaît ses classiques. Quelle femme ne rêve pas d'une balade au clair de lune, les pieds dans le sable, en compagnie d'un homme grand, beau et romantique avec le doux clapotis des vagues pour bande son ?

— Comment tu fais pour vivre à Paris ? C'est pollué, cher, les gens s'entassent dans des appartements minuscules. Je ne pourrais jamais vivre au milieu de tout ce béton.

Aaahhh Paris… Mon studio sous les toits comme un cocon au cœur de la ruche, le passe Navigo en guise de sésame, les tristes couloirs du métro égayés sporadiquement par l'éclat d'un tambour ou d'une flûte de pan, le couinement des rames qui transperce les tympans, la valse des Parisiens dans les escalators…

— Je travaille pour le cinéma et la télé, la plupart des castings ont lieu à Paris.

— Tu n'en as pas marre de courir après des chimères ?

— … Parfois. Mais arrêter pour faire quoi ?

— Avoir un vrai boulot, te poser dans un cadre confortable, sortir, voyager, dévaliser les magasins, un homme qui s'occupe de toi : vivre ! Ce que je veux te dire, c'est que j'aimerais vraiment qu'on se revoie. Je suis sûr que tu aimerais Bordeaux. Je connais pas mal de monde, avec tes diplômes tu trouverais facilement du travail.

D'aucuns trouveraient que c'est une opportunité inespérée pour une femme-de-mon-âge. Me voir ainsi proposer le gîte, le couvert et les caresses au lieu de crever de faim dans la jungle du show-biz... Je laisse infuser la proposition en observant un nageur au loin. Il a l'océan pour lui et la lune pour chandelle. Encore un loup solitaire.

Camille s'approche de moi et me sourit avec confiance. Je contemple cet authentique prince charmant. Si je renonce à la comédie, plus personne ne me verra croiser Leonardo DiCaprio ou Marion Cotillard sur l'écran géant du Gaumont Champs-Élysées, mes parents ne s'amuseront plus à chercher ma silhouette au cinéma parmi les figurants, les copains ne m'enverront plus de texto enthousiaste après m'avoir aperçue dans une pub de dix secondes sur Internet. La fréquentation de mes amis comédiens deviendra vite insupportable, me rappelant constamment que j'ai sacrifié mes rêves pour un collier de perles et une place au coin du feu[1]. Dans le meilleur des cas, je deviendrai madame Camille Machin, qui a même été actrice il fut un temps, c'est drôle non ? On ne le dira pas trop fort car elle ne veut plus en parler...

Toutes ces idées ne me traversent sans doute pas l'esprit à cet instant, mais je reste indécise en face de mon chevalier servant, partagée entre l'envie de rendre les armes et la peur de me perdre définitivement. C'est le moment que choisit Camille pour m'embrasser.

Son baiser passionné ferait sans doute fondre l'élastique du string de Céline mais, à ma grande surprise, je ne ressens rien de sexuel. Rien de rien. Pourtant, je ne vois aucune raison objective à cette panne de libido. J'éprouve même un profond bien-être dans les bras de cet homme. Son corps épouse parfaitement le mien, j'aime la douceur de sa peau et son parfum discret. Il m'enveloppe d'une bulle de sérénité. En position allongée, je m'endormirais immédiatement.

Si ma libido roupille celle de Camille est en grande forme, ce qui me fiche une fois de plus dans une situation à-la-con. Dans son état normal, mon prince charmant percevrait certainement l'absence de synchronisation entre nous, mais à cet instant sa capacité de jugement est aussi altérée que sa voix.

— On va chez toi ou chez moi ?

Je me demande comment répondre à cette épineuse question, quand le nageur noctambule sort de l'eau à quelques pas de nous. Il est entièrement nu et son corps athlétique paraît phosphorescent au clair de lune. Gabriel traverse tranquillement la plage sans nous accorder un regard et s'enfonce dans la palmeraie. Cette apparition irrite vaguement Camille.

— Il pourrait quand même mettre un slip !

Mon éclat de rire détend l'atmosphère. Camille m'enferme dans ses bras.

— On y va ?

— Laisse-moi une demi-heure et je te rejoins.

— Promis ?

— Je te promets une nuit de folie !

J'aime cette joie contenue qui illumine son visage…

— Mon bungalow est le Star 73.

— C'est noté.

Il dépose un dernier baiser sur mes lèvres, avant de partir de la démarche légère d'un homme à qui une femme a promis une nuit d'amour…

Mon pas est beaucoup moins aérien quand j'atteins le bungalow de Céline.

— Tu t'es encore dégonflée ? me lance-t-elle en ouvrant la porte.

— Star 73. Dans une demi-heure.

— T'es sûre ?

— Je lui ai promis une nuit d'anthologie alors je compte sur toi.

— Elle sera lé-gen-daire !

J'espère que Camille ne m'en voudra pas trop…

— Vas-y quand même mollo, c'est un vrai prince.

— J'ai vu biquette… Si j'ai de la moule, il verra peut-être en moi sa perle !

Laissant Céline dégainer sa panoplie de sexy woman, je retourne à mon bungalow. À mi-chemin, je perçois de nouveaux bruissements derrière moi. Je m'arrête au milieu de l'allée, l'oreille aux aguets. Silence. Est-ce le fruit de mon imagination romantique ou quelqu'un s'amuse-t-il à me suivre ? Sûrement pas Camille dont le quartier est situé à l'opposé du mien. J'attends un moment le nez vers le ciel, afin de laisser à mon éventuel galant le temps de se présenter… Mais non. J'atteins la chambre sans encombre, verrouille la porte et prends une douche en ayant la désagréable intuition d'une présence derrière les frêles parois de bois. Je hausse les épaules : il ne peut rien m'arriver de grave dans le village.

À 5 heures, ma valise est bouclée. Je suis douchée, habillée, prête à partir. Je profite de cette dernière heure pour m'octroyer une séance de méditation. Je m'assieds sur le lit, dos au mur, jambes croisées, enveloppée dans une couverture car il fait un peu frais. J'éteins les lumières et me laisse doucement envahir par les bruits de la nuit. Je parviens à m'immerger totalement dans l'instant présent. Le bungalow disparaît, et mon esprit se confond avec le flux et le reflux des vagues sur le sable…

------

1. Référence à la fable *Le Loup et le Chien* de Jean de La Fontaine citée dans *La rousse a 29 ans*.

RETOUR DANS LE MONDE RÉEL

À 6 heures, je dépose ma valise au point Dream End du quartier Magic. La palmeraie est plongée dans le noir et je me revois soudain faire le trajet inverse, le soir de mon arrivée. Je me dirige maintenant les yeux fermés dans les allées de sable blanc, entre ces bungalows qui paraissent tous identiques dans la nuit. Après avoir payé mes extras, rendu les serviettes de plage et la clef du studio, je prends le chemin du restaurant pour le petit-déjeuner. Je dois être la première levée car je ne croise personne.

Le buffet est plongé dans une semi-pénombre. Une seule table est occupée, par une bande de DG et de couche-tard bien en forme à cette heure matinale : à eux huit, ils mettent un souk pas possible. Mon assiette de viennoiseries à la main je m'avance dans la salle, me disant que je finis la semaine dans ce restaurant comme je l'ai commencée.

J'ai à peine mis le pied dans le réfectoire que la

bande de fêtards – Fred en tête – m'applaudit à tout rompre, standing ovation, sifflets. Ce triomphe achève de me réveiller. Les DG insistent pour que je me joigne à eux, me font une place, avancent une chaise.

— Qu'est-ce qui me vaut un tel succès ?

Mon intervention déclenche un rire hystérique chez Fred. Le reste de la compagnie affiche un air embarrassé et plonge le nez dans son bol. Le jeune DG, hoquetant, des larmes roulant sur ses joues cramoisies, enroule son bras autour de mes épaules et fourre son visage congestionné au creux de mon cou.

— Alors Flamme, tu as trouvé ce que tu cherchais à Indinonis ?

— Je crois…

Moins de sept jours se sont écoulés depuis mon arrivée et pourtant, je ne suis plus la même. La fille déprimée, épuisée, enfermée en elle-même, qui a débarqué dimanche dernier s'est dissoute progressivement dans l'air d'Indinonis, emportée par la brise marine. Celle qui repart ce matin pour Paris est apaisée, libérée de sa prison invisible, reconnectée au monde.

— À ta résurrection !

— Aux rêveurs !

Fred me tend son bol de chocolat. Je trinque avec lui, puis avec tous les autres. Les blagues et les chansons fusent. Je n'ai jamais autant ri depuis le début de la semaine et je passe avec eux mes plus beaux moments dans cette grande salle à manger, qui m'a tant impressionnée les premiers jours.

Il reste quelques minutes. Je fais un dernier tour au bar, à la piscine, au théâtre et à la plage. Tout est sombre et silencieux. Seul le grand bassin est éclairé afin d'éviter les accidents nocturnes. J'aurais voulu assister au lever du soleil, mais il est encore trop tôt. Je reste un moment immobile face à la mer. J'espère que Céline et Camille passent une belle nuit ensemble… 6 h 45. Il est temps de rejoindre le bus.

Sami, Fred, les DG du petit-déj et le Dream Master accueillent les premiers candidats au départ devant le véhicule. Je ne peux m'empêcher d'être touchée de leur présence. J'espérais que Gabriel serait levé ou pas encore couché, mais je ne l'aperçois nulle part. Le responsable du village, qui semble épuisé, serre la main de chacun avec un mot de remerciement. En me voyant approcher, Sami lui chuchote à l'oreille.

— Je suis vraiment désolé pour le problème d'avion. On n'a pas pu te transférer sur celui de cet après-midi, il est archi-complet. J'espère que tu seras quand même contente de ta semaine au Dream.

— Je crois que c'est mon meilleur investissement de la décennie !

Ravigoté par ma réponse, le maître des rêves me bise sur les deux joues au lieu de me tendre la main. Je rejoins Fred, qui range ma valise dans le coffre du bus.

— Tu ne ramènes pas le banquier dans ton vanity ?

— Finalement non. Je crains que ton équation ne soit exacte.

— Élargis l'échantillon, tu trouveras peut-être la bonne formule.

— Je tâcherai d'y penser…

Le jour se lève pendant le trajet vers l'aéroport. Le disque solaire est bien plus grand qu'en France et j'admire pendant de longues minutes son ascension. Moi aussi, je me sens plus grande et plus lumineuse qu'avant de partir… Toute à ces réflexions, je ne vois pas la suite des hôtels qui m'avait tant consternée à l'aller.

TOUCHE ?

Il n'y a pas foule à l'aéroport d'Indinonis à sept heures et quart. En arrivant, j'apprends que le vol pour Roissy est retardé d'une heure et demie : je vais devoir poireauter dans le hall pendant trois plombes avant d'embarquer. Dans la queue pour l'enregistrement des bagages j'observe, abasourdie, des touristes qui s'insultent comme des chiffonniers pour des broutilles. Ce matin, je me contrefiche qu'on me passe devant. La file avance lentement et je remarque deux animateurs du village qui enregistrent pour une autre destination. N'ayant pas l'habitude de prendre l'avion, je ne sais pas quoi faire ensuite pour tuer le temps. Je me pose sur un siège à proximité de l'entrée, dans l'idée de récupérer un peu de sommeil.

Je somnole par intermittence en suivant les allées et venues comme une vache le long d'une route de campagne quand un taxi pile devant l'aéroport. Un homme en jean et tee-shirt clairs, à la silhouette athlétique, en descend : Gabriel ! Je me réveille d'un coup et me redresse sur mon siège. Lorsqu'il passe la porte, je suis à quelques mètres de lui. Je m'attends à ce qu'il m'ignore comme d'habitude, mais il me salue rapidement et se dirige vers l'enregistrement des bagages. Destination Lyon. Que va-t-il faire là-bas... Peu importe après tout, le savoir ne changera rien, même si je suis heureuse de l'avoir revu avant de quitter Indinonis. Je replonge dans mon coma : encore une heure et demie avant l'embarquement prévu à 10 h 30.

Entre deux rêveries, je vois Gabriel ressortir de l'aéroport. Il stationne un moment devant la porte principale en fumant une cigarette. Il me tourne le dos et je l'observe du coin de l'œil. Ce serait le moment ou jamais de l'aborder, tenter d'établir un contact... Est-ce la nuit blanche, de la pudeur, de la timidité ou du renoncement : je décide de ne rien faire. À quoi bon ? Pour me prendre une veste un dimanche matin ? Pas question. Je ne me sens pas le courage de lui courir après. D'ailleurs, il revient dans le hall. Je détourne aussitôt les yeux, pour lui éviter de croiser mon regard s'il n'en a pas envie. Mais au lieu d'en profiter pour se noyer dans la foule, il s'avance vers moi.

— Flamme ?

Je n'en reviens pas :

1. qu'il m'adresse la parole ;
2. qu'il se souvienne de mon prénom.

— Oui ?

— Tu prends l'avion pour Lyon ?

— Roissy, mais il a une heure trente de retard.

— Nous, on doit passer par Lyon, il n'y a plus de place dans les avions pour Paris.

— Ah bon ?

J'ai le cerveau qui fonctionne grave au ralenti. La surprise et le manque de sommeil m'anesthésient totalement. Il faudrait répondre, rebondir, relancer un sujet, n'importe lequel, du style « Qu'est-ce que tu vas faire à Paris ? » mais j'en suis incapable. Nous nous dévisageons en silence. Et comme ce mutisme devient vite embarrassant :

— Je cherche les autres DG, tu ne les aurais pas vus ?

Et là, au lieu de nier pour prolonger la discussion, je réponds spontanément :

— Je crois qu'ils sont vers le bureau de change.

— Ah oui ! Salut.

En le voyant s'éloigner, j'ai la très forte impression d'avoir loupé quelque chose. Je me traite de tous les noms d'oiseaux, je me collerais des baffes. Quelle conne ! M'enfin, fais quelque chose !!!

Mais quoi ? Gabriel est maintenant avec ses deux copains, ce qui complique grandement toute tentative d'approche. Heureusement, l'avion pour Lyon a aussi été retardé et j'ai quarante-cinq minutes pour trouver une idée géniale. Je rassemble le peu d'énergie qu'il me reste pour faire fonctionner mes deux neurones encore en activité.

Toute à mon brainstorming, je les perds de vue

tous les trois. Comment ont-ils pu disparaître sous mon nez ?! Je m'affole, je fais le tour du rez-de-chaussée : personne. J'avise un grand escalator qui monte à l'étage. Peut-être ont-ils rejoint le hall d'embarquement. Je prends l'escalier, passe la douane, parcours l'immense galerie qui dessert les différentes destinations ; je scrute l'intérieur des magasins, les cafés : toujours personne. Merde. Je vérifie que l'embarquement pour Lyon n'a pas commencé : non. Ouf.

Je stationne indécise dans ce couloir large comme une autoroute, quand mon regard est attiré au loin par une démarche souple que je reconnaîtrais entre mille. Direction : le duty-free. Yes. J'avance lentement vers le magasin rempli d'alcool, de cigarettes et de parfum, me demandant ce que je vais bien pouvoir y faire vu que je ne bois pas, je ne fume pas et ne me parfume pas non plus car même l'eau de toilette me fiche mal à la tête. Je pourrais entrer sans aucune raison bien sûr, mais c'est impossible. Il faut que je m'invente un prétexte irréfutable pour passer cette porte. Une partie de moi me pousse à avancer, l'autre me trouve grotesque. Total, je reste plantée devant le magasin sans savoir quoi faire. Alcool, clopes, parfum, parfum, alcool, clopes…

CLOPES ! FRANGIN ! Mais oui. Eurêka. Je dois entrer pour acheter des cigarettes pour mon frère ! Passons sur le fait que j'ai refusé avant de partir sous prétexte que son cancer ne passerait pas par moi. Là, il s'agit d'un cas de force majeure. Mais au fait, quelle marque fume mon petit frérot ? Aucune idée. La tuile.

Nous sommes dimanche, il est 9 h 35. Vu que Lucas se lève en moyenne vers 14 ou 15 heures le week-end après avoir fait la bringue toute la nuit, j'ai peu de chances de réussir à le joindre.

J'essaie quand même d'appeler. Rien à faire. Pourtant, je suis connectée au réseau indinosien. Un texto ? Sans beaucoup d'espoir je tape : « Tu fumes quoi ? » J'envoie. Le message a l'air de passer. Ça m'étonnerait que Lucas entende l'arrivée d'un texto à cette heure indécente… Tant pis, me dis-je, s'il ne répond pas je laisse tomber. Ce sera le signe qu'il ne faut pas insister.

Deux minutes plus tard, mon portable vibre : « Topclop avec filtre ». Je n'en crois pas mes yeux. Gabriel patiente déjà à la caisse… Je fonce dans le magasin, prends une double cartouche de Topclop et me mets dans la première queue de la première caisse qui se présente. Évidemment, ce n'est pas la même que lui. Ce serait trop facile. Impossible de lui parler de là, je le vois à peine d'ailleurs. Où est-il ? Loin, trop loin. Imbécile ! Tu te débrouilles vraiment comme un manche.

Je cogite puissamment sur une solution à cette impasse, quand une hôtesse annonce l'embarquement du vol pour Lyon. Gabriel quitte alors la file d'attente, fonce vers une étagère à quelques mètres de moi et repose la bouteille de whisky qu'il avait à la main. Le voyant revenir dans ma direction au pas de course, je réagis enfin.

— Gabriel !

Il s'arrête dans son élan, prêt à bondir.

— Oui ?

Il est à moins d'un mètre de moi, me regarde avec surprise.

— Je voulais te dire que j'ai été ravie de te rencontrer.

Il écarquille ses grands yeux verts. Il ne s'attendait pas à ça. Moi non plus. Je ne sais pas ce qui m'est soudain passé par la tête. Puis, ravi par mon ingénuité :

— Waouh, c'est trop mignon !

… et il file comme l'éclair en riant aux éclats.

Je reste stupidement immobile, ma double cartouche de Topclop filtre à la main, fixant le bout de couloir par lequel le beau rouquin vient de s'évaporer. La caissière s'impatiente, peut-être aussi les clients derrière moi, je ne sais pas. Les images et les sons me parviennent étouffés et en décalé, comme lors d'une communication longue distance de mauvaise qualité.

Mon retour à Paris se passe dans un genre de brouillard. Je suis complètement claquée. L'avion atterrit finalement à Roissy à 15 heures, il fait treize degrés. Je suis chez moi à 16 h 30. Le studio me paraît horriblement vide, froid et terne. Je m'effondre sur le lit sans même ouvrir la valise.

J'émerge le lendemain vers midi avec un furieux mal de crâne. Ma batterie à plat se recharge lentement. Dès le petit-déj avalé, j'allume mon ordinateur et pars à la recherche de mon chippendale favori sur TroncheBook. En passant par la page de l'Indinonis Dream Camp, je trouve très facilement la sienne. Le profil est public, ce qui est bien pratique : il indique que Gabriel se trouve actuellement à Paris. Vingt-quatre ans, prof de fitness diplômé, animateur au Dream Camp depuis quatre ans, pas d'info sur sa situation amoureuse. Je balaie rapidement son groupe d'amis : à vue de nez, pas un rat qui dépasse les vingt-cinq/trente berges. Membre de groupes en relation avec le sport, l'écologie, la musique, la lutte contre le racisme et les violences faites aux femmes. Créateur d'un groupe intitulé « Les 30 commandements du dieu de la couette » rassemblant plus de cinq mille membres. Sur les photos :

fiestas, potes (beaucoup de minettes pendues à son cou), nocturnes dans le métro, petits matins au café, plages. Je prends conscience du gouffre abyssal qui nous sépare…

Nous ne vivons clairement pas dans la même galaxie, et la sienne se situe à peu près aux antipodes de la mienne. Récapitulons : je suis une intello, c'est un sportif ; il est fan de foot, je n'ai pas regardé un match depuis la finale de la coupe du monde de 98 ; je suis célibataire depuis des lustres, il est entouré de nanas ; je suis une solitaire, il est toujours fourré avec sa bande ; il a vingt-quatre ans, j'en ai trente-neuf… Est-il sérieux et raisonnable à mon âge de draguer un prince charmant de vingt-quatre ans ? J'ai beau avoir décidé de remonter le temps… D'un autre côté, je n'ai rien d'autre à foutre en ce moment, ça me ferait une distraction. Bon, je le mail ou je le mail pas ?

Hier, après douze heures de figuration mortelles au premier étage de la Tour Eiffel à planer entre ciel et terre, j'ai enfin décidé d'écrire ce mail à Gabriel. La lumière était d'une beauté surnaturelle, les rayons du soleil couchant se réfléchissant à l'infini sur les vitres de Paris soixante mètres plus bas… En m'acheminant vers le métro, j'ai estimé que c'était le jour idéal pour faire une folie.

Après avoir vérifié sur TroncheBook que mon bel athlète était toujours sur la capitale, j'ai pris mon courage à deux mains et je lui ai envoyé le message suivant : « Quand tu auras un moment, je serai ravie de prendre un verre avec toi. » Pas très original, mais clair. Ceci fait, j'ai éteint mon ordinateur à toute vitesse : pas question de prendre un vent[1], comme on dit en 2010, avant de me coucher et risquer ainsi de saboter ma nuit. Puis j'ai plongé sous les draps, le cœur battant.

Paradoxalement, j'ai plutôt bien dormi. Ce matin, vers 10 h 30, j'allume mon ordi et prépare le petit-déj pendant que ma boîte mail collecte les messages de la nuit. Il est encore tôt pour avoir une réponse à mon lâcher de bouteille dans la grande toile, mais je suis déjà rongée par le trac. Je m'approche de l'écran, l'économiseur me présente ses paysages paradisiaques habituels. J'inspire un grand coup et me décide à donner une pichenette dans la souris.

Deux messages me sautent à la figure. Le premier vient de Céline. Elle m'envoie la photo de Bruno, avec Fred et Gabriel en slip, en ajoutant : « Le prince charmant a cherché sa perle toute la nuit, mais il ne l'a pas trouvée dans ma boutique :-(» Je lui transmets mes joyeuses condoléances sans m'attarder, car le second mail titre « Gabriel vous a envoyé un message sur TroncheBook ». Déjà ?? Bon, eh bien c'est la minute de vérité… Allez, j'ouvre ! Juste quelques mots, « Vendredi 21 h, où tu veux. »

Waouhh……

Je reste une bonne minute à fixer l'écran, la bouche ouverte de stupéfaction. Mon rythme cardiaque s'est emballé comme si je venais de gagner au loto et je mets un bon moment à rassembler mes esprits. Restons calme, respirons par le nez et réfléchissons.

Premier problème à résoudre : où lui donner rendez-vous ? Pas chez moi évidemment. Peut-être pas trop loin non plus. Enfin une distance convenable, genre la fille sérieuse mais pas coincée non plus. Je ne sais pas trop ce que j'attends de cette rencontre, même si je réalise bien que passer la soirée avec un DG du Dream Camp ne peut guère se terminer par « Ils se marièrent… ». Deuxième problème : quoi me mettre sur le dos ? J'ai à peine quarante-huit heures pour trouver, c'est vraiment court.

Après moult réflexions sur le lieu du rendez-vous, j'opte pour le Bar à Georgette, à Nation. Un copain dans la vingtaine m'a donné rendez-vous là-bas il y a quelques mois, le lieu doit donc faire assez cool et branché. Il n'est qu'à quelques stations de métro de chez moi… En fin d'après-midi, histoire de ne pas paraître trop pressée ni trop détachée, j'envoie l'adresse du bar à Gabriel.

---

1. se prendre un vent : essuyer un refus.

MARS ET VÉNUS SE RENCONTRENT

Je trouve la réponse de Gabriel le lendemain en ouvrant mes mails. Il m'a envoyé
un laconique « OK » vers 3 heures du
matin. Du coup, j'ai passé la journée d'hier dans les
magasins. D'abord, c'est une activité anti-stress très
efficace, proche de la méditation. Ensuite, je voulais
absolument trouver une jolie jupe pour l'occasion. J'ai
choisi un modèle en lin chocolat au genou ainsi qu'un
top vaporeux à fleurs bleues au décolleté engageant ;
nu-pieds, à talons bien sûr, pas de bijou. Jolis dessous
blancs et ciel en dentelle, pas de string. Sexy, mais pas
nympho.

Quand j'entre dans le Bar à Georgette, il est 21 heures
pile et il y a déjà foule. La salle n'est pas très grande,
les tables sont blindées. Gabriel n'est pas encore là. Je

trouve une petite place au comptoir à côté d'une bande de copains qui ont, à vue de nez, la trentaine. Les regards appuyés qu'ils me lancent me rassurent sur le choix de ma toilette. Je commande exceptionnellement un kir pour me donner du courage : j'ai bien besoin d'un petit désinhibiteur.

Je siffle le kir en moins de cinq minutes sans m'en apercevoir, tant j'ai besoin de m'occuper les mains en poireautant. Voyant mon verre vide, un type du groupe me branche.

— Je peux vous en offrir un autre ?

C'est un beau blond au regard coquin et je me promets de sortir plus souvent à l'avenir.

— Non merci, j'attends quelqu'un.

— Quelqu'un ou quelqu'une ?

— Quelqu'un.

— Dommage…

Je commence à trouver des qualités à mon sympathique voisin, quand Gabriel pousse la porte du Bar à Georgette. Mon cœur manque un battement en le voyant, le reste du décor se floute légèrement dès que ma caméra interne fait le point sur lui. Il est en baskets blanches, jean blanc et tee-shirt Calvin Klein assorti bien ajusté à col en V : décontracté, classe, parfait. Son entrée ne passe pas inaperçue. Il balaie la salle du regard assuré du mâle dominant, ne semble pas remarquer les dizaines de nanas qui le scannent l'air de rien des pieds à la tête.

Il me repère rapidement et me rejoint en deux souples enjambées. En arrivant à ma hauteur, il jette un coup d'œil à mon voisin qui se détourne aussitôt, probablement sous l'effet d'un message télépathique sans ambiguïté. Pour que les choses soient bien claires, Gabriel me bise en glissant négligemment son bras autour de ma taille. Le geste me fait tressaillir. Il sourit. Je rougis violemment en baissant les yeux.

Il commande un whisky-coca et un second kir sans demander mon avis. De toute façon, j'ai une tornade dans le cerveau qui bloque mes synapses. Je n'ai qu'une idée : ne pas faire de gaffe pour qu'il reste le plus longtemps possible. Du coup, et c'est assez inhabituel, je me tais. Gabriel est à moins de vingt centimètres de moi, le coude sur le zinc. Je n'ose pas le regarder dans les yeux de peur d'aggraver mon trouble. Prise dans son champ gravitationnel, qui aimante dangereusement le faible satellite que je suis, je dois rassembler mes forces pour maintenir mon orbite. Son parfum me fait tourner la tête beaucoup plus que les kirs… Heureusement le boucan alentour, ajouté à la musique d'ambiance, décourage toute tentative de conversation. Gabriel ne paraît pas gêné par mon silence. Il observe le lieu en sirotant son verre, même si je le sens totalement présent à mes côtés.

— On bouge ?

Toujours dans le brouillard, j'acquiesce sans réfléchir. Il aurait pu me demander n'importe quoi, j'aurais dit oui. Oui, oui, oui, OUI ! Il paie spontanément les consommations et je ne proteste pas, contrairement à mon habitude. Puis il pose une main sur ma nuque pour me guider à travers la foule de plus en plus compacte. Je frissonne, mon cœur s'emballe de façon alarmante, je dois me concentrer pour atteindre la porte sans faire de faux-pas.

En me retrouvant à l'air libre sur le trottoir, je respire un peu mieux. Gabriel sort une cigarette et attend tranquillement que je reprenne mes esprits. Je me mets en marche comme un automate téléguidé. Il m'emboîte le pas. La réalité se résume à sa silhouette blanche à ma droite : j'aurais pu croiser ma propre mère sans la remarquer. Un feu passe au vert devant nous, ce qui m'oblige à stopper. Je récupère le fil du présent pour lui demander :

— Tu repars quand ?

— Demain.

— Déjà ??

— Dans l'après-midi.

Demain après-midi… Mais c'est bientôt. Presque tout de suite ! Le feu passe au rouge. Mes pieds reprennent leur course, ils semblent savoir où aller. La déception doit se lire sur mon visage. Gabriel ralentit le pas.

— Je ne suis pas le genre de mec que tu crois.

— Quel genre ?

Il s'arrête et me regarde droit dans les yeux. Je suis sur le point de protester que je ne crois rien de ce qu'il croit que je crois, quand une autre idée me passe par la tête.

— Moi non plus !

Son visage s'illumine, ses yeux verts pétillent.

— Je sais.

Il hésite, se demande s'il doit en dire plus.

— Fred avait parié que tu te ferais emballer par le banquier avant la fin de la semaine.

Sans blague… Je comprends tout à coup l'ovation des DG du restaurant dimanche matin. Je ne sais pas si je dois m'offusquer du pari ou le prendre à la rigolade.

— C'est lui qui me suivait le soir jusqu'à mon bungalow ?

Gabriel acquiesce en souriant.

— Ton bain de minuit samedi soir, c'était un hasard ?

— J'avais parié contre Fred… Mais c'est ta copine qui est venue me dire que vous étiez sur la plage.

La scélérate ! Pour la solidarité féminine, on repassera.

— Flamme, c'est ton vrai prénom ?

Sa question me trouble : pourquoi me demandet-il ça ?

— Mon vrai prénom, c'est Cendrelle. Flamme, c'est mon nom, euh… mon nom d'artiste.

Gabriel hoche la tête en souriant.

— Je voulais te dire que j'ai été ravi de te rencontrer, Cendrelle.

Je rougis comme une tomate, sciée qu'il se rappelle aussi bien ce que je lui ai dit à l'aéroport. Il s'approche de moi et nous restons immobiles un moment face à face… Je fais glisser mes doigts le long de son bras, fascinée par ce simple contact qui anéantit mes derniers doutes. J'effleure son cou, son visage puis je redescends vers sa poitrine, m'arrête sur ses sublimes pectoraux.

Dans un même élan Gabriel saisit ma main, la pose au creux de son dos, fait le dernier pas qui me sépare de lui et me prend dans ses bras. Nous sommes au milieu de la rue du Faubourg-Saint-Antoine mais je ne vois plus rien, n'entends plus que son souffle et le mien. S'il relâche son étreinte, je tombe.

J'ignore combien de temps nous nous embrassons sur ce trottoir, ni même comment nous nous retrouvons devant chez moi. Je me rappelle seulement qu'en entrant dans la cour de l'immeuble, scotchée contre Gabriel, je croise le regard interloqué de la gardienne. J'en comprends la raison en apercevant mon reflet dans le grand miroir du studio : je suis hilare, les joues cramoisies, les cheveux en bataille, comme si j'avais pris la cuite de ma vie.

Je n'ai pas le temps de penser au qu'en-dira-t-on car Gabriel vient de retirer son tee-shirt et je dois ressembler au loup de Tex Avery devant la pin-up. J'attrape alors le bas de mon corsage et le fais passer au-dessus de ma tête en prenant garde de ne pas m'emmêler dans le tissu fin. Mais devant les intentions de mon chevalier blanc, on ne peut plus claires sous le jean immaculé, mes dix ans d'abstinence me reviennent brusquement en mémoire. Plus très sûre de moi, j'interromps le strip-tease.

Gabriel perçoit mon hésitation et m'enlace avec douceur. Tout en m'embrassant, il remonte une main vers l'attache du soutien-gorge et la fait céder avec une facilité qu'on ne voit d'habitude que dans les films ou les romans à l'eau de rose. Je laisse glisser les bretelles le long de mes bras. Le soutien-gorge rejoint son tee-shirt soigneusement posé sur le dossier de la chaise voisine. Sans baisser le regard, il dézippe la jupe qui tombe sur le plancher pendant que je fais glisser la fermeture éclair de son jean qui, lui, reste moulé sur ses cuisses…

EN ROUTE VERS LES ÉTOILES !

*G*abriel me dépose sur le lit avec précautions et m'emprisonne sous sa masse. Ses baisers se font plus profonds et je sens ma température interne grimper dangereusement. Mon attention est focalisée sur le moindre mouvement de mon amant, le parcours de ses mains, de sa bouche qui m'explore avec passion…

Je m'étais toujours demandé pourquoi les bouquins d'anatomie parlaient de lèvres, grandes et petites, pour décrire le sexe féminin. En sentant une bouche immense et brûlante se former, s'ouvrir et s'animer entre mes jambes, court-circuiter le cerveau et prendre totalement le contrôle de ma personne, j'ai une révélation. Quel est donc cet *alien* que j'héberge sans le savoir au creux de mon ventre ?

La créature attend depuis dix ans le baiser d'un dieu de la couette et s'impatiente furieusement ce soir. Elle ne veut plus se cacher dans la forêt mouillée et trouve que les préliminaires ont bien assez duré. Elle m'arrache des gémissements et des soupirs dignes de la bande son d'une minable comédie romantique, me fait glisser les mains dans le jean blanc qui résiste un peu par principe.

Gabriel plante alors ses yeux dans les miens et plonge dans la bouche vorace qui le réclame avec si peu de retenue. Mes bras et mes jambes s'enroulent autour de ce corps athlétique, comme la toile d'araignée autour de sa proie. Et Gabriel m'emmène si haut, que je frôle l'étoile polaire…

OBJECTIF 2 : OK

Quand j'ai réintégré l'atmosphère ce matin, ce n'était déjà plus le matin. Le réveil indiquait près de 14 heures. Les odeurs de la nuit et le parfum de Gabriel imprégnaient encore la pièce mais, lui, avait disparu. Un calme étrange régnait, à peine troublé par le chant d'un moineau et les aboiements d'un chiot délaissé. Tout était paisible autour de moi, mon esprit papillonnait tranquillement…

Mon corps, par contre, était en révolution. J'avais quelques courbatures, quelques douleurs aussi. Mais surtout, je vivais une véritable tempête dans toute la moitié sud de mon organisme. Des courants électriques tourbillonnaient des orteils au nombril, comme si des organes avaient été remis en fonction après des années d'inactivité. Ma peau était hypersensible et je pouvais sentir l'empreinte des mains de Gabriel sur chaque centimètre qu'il avait caressé. Une partie de son énergie circulait toujours sur moi, en moi, atténuant la brutalité de la séparation. Je suis restée une bonne heure en étoile de mer, à profiter de cette étrange sensation de fusion et à tenter de reconstituer le feuilleton des heures passées.

Cette nuit, avouons-le, j'ai connu mon premier véritable orgasme. Tout arrive… Pourtant, je croyais savoir ce que signifie ce mot. Seule ou à deux, j'avais déjà expérimenté différents niveaux de plaisir, certains relativement intenses. J'avais bien sûr entendu parler de cette fameuse « vague orgasmique » dans quelques romans, mais ces clichés me paraissaient issus de fantasmes d'auteurs ayant fumé la moquette. Le tsunami intérieur qui est subitement né dans mes reins et m'a projetée vers le ciel comme une poussière d'écume était vraiment une première. Et une deuxième, et une troisième… enfin je n'ai pas compté.

Quant à mon chevalier blanc, il est parti vers de nouvelles aventures, sans doute prêt à réveiller d'autres princesses. J'ai dû m'endormir dans ses bras vers 7 ou 8 heures, subitement, comme on meurt. Je ne voulais pas le lâcher du regard, j'avais peur qu'il ne disparaisse dans la nuit comme Eurydice dans les Enfers. Il s'est éclipsé quand le jour s'est levé, telle une étoile.

ÉPILOGUE

Je suis une rêveuse du XXIe siècle. Rousse. Je fais partie d'une espèce en voie de disparition. Dans quelques siècles, les enfants ne verront plus de roux que sur Internet, dans les musées et les vieux films en couleur. C'est en tout cas ce que prétendent les généticiens.

Demain, l'état civil m'attribuera quarante ans. Pas moi. D'ailleurs, je ne lui ai rien demandé. Je ne veux pas être un numéro. Ni 40 ni 30 ou 30 bis. Je préfère ne pas compter et ignorer le temps. Ce n'est pas la science qui s'y opposera. Pour la physique quantique, le temps n'existe pas. Nous non plus. Ou peut-être que si. Comme je ne sais pas si je suis réelle ou imaginaire, si la vie est limitée ou pas, a un sens ou pas, j'ai choisi de croire au père Noël. Et aussi au prince charmant.

. . .

J'ai d'ailleurs préparé ma commande pour le prochain
Noël :

1. une nouvelle garde-robe ;
2. un voyage autour du monde ;
3. un deux-pièces avec baignoire à Paris ;
4. une superbe résidence secondaire en
   Provence ;
5. le miroir de la comtesse de Cagliostro, qui
   permet de rajeunir d'un jour chaque
   matin ;
6. mon nom en haut d'une affiche de
   cinéma ;
7. et, bien sûr, l'homme du reste de ma vie…

***
*

À PROPOS DE L'AUTEURE

MOT DE L'AUTEURE

Un grand merci, chère lectrice ou lecteur, d'avoir lu ce livre : j'espère qu'il vous a plu !

Si vous ne connaissiez pas cette série, vous serez sans doute surpris d'apprendre qu'elle n'a pas été écrite dans l'ordre chronologique. *La rousse a 39 ans* est en effet non pas mon deuxième, mais mon premier roman. Craignant par-dessus tout d'ennuyer mes lecteurs, j'avais préféré faire court, coupant sans pitié tout ce qui me faisait moins rire à la cinquantième lecture. Je ne l'ai pas regretté puisque personne, à ma connaissance, n'a trouvé cette histoire trop longue !

Un de mes objectifs en écrivant le tome suivant était donc de faire plus long. Et à force de peaufiner l'intrigue, de développer mes personnages, de leur donner un passé et une famille, *La rousse a 29 ans* s'est développé de telle façon qu'il a fini par faire trois fois la taille du tome précédent. Une évolution qui devrait réjouir ceux qui ont commencé par *La rousse a 39 ans*, mais surprendra peut-être tous les autres.

Pourquoi, vous demandez-vous peut-être, n'ai-je pas écrit ces livres dans l'ordre chronologique ? Eh bien, tout simplement parce que l'histoire de *La rousse a 29 ans* m'est venue après avoir publié *La rousse a*

39 ans. Ce n'est ni cohérent ni rationnel, mais ça s'est passé comme ça. En préparant cette nouvelle édition, je me suis dit que le parcours de Cendrelle serait bien plus facile à suivre si j'inversais l'ordre initial des tomes.

Il reste bien sûr possible de lire ces deux premiers tomes dans leur ordre d'écriture. Vous saurez alors avant Cendrelle où elle en sera dix ans plus tard.

Quant au troisième et dernier tome, il se passera après celui que vous venez de terminer.

Si *La rousse qui croyait au père Noël a 39 ans* vous a fait passer un bon moment, n'oubliez pas de lui attribuer une note ou de lui écrire un petit commentaire. Sachez que je les lis tous. Merci pour votre aide !

Pour suivre mes aventures, être informé de la parution de mes prochains livres et bénéficier des offres de lancement sur les ebooks, abonnez-vous à la newsletter de mon site d'auteure :

https://www.suzannemarty.fr/newsletter

Vous trouverez aussi dans cette newsletter, généralement mensuelle, le lien vers mon dernier article de blog. Les sujets dépendent de mon humeur du moment. En principe, c'est drôle. Parfois moins. La vie n'est pas toujours drôle, n'est-ce pas ?

Vous avez envie de m'écrire suite à votre lecture ou pour tout autre sujet ? N'hésitez pas à utiliser cette adresse :
suzanne@suzannemarty.fr

Au plaisir de vous lire et à bientôt !
Suzanne

DE LA MÊME AUTEURE

LA ROUSSE QUI CROYAIT AU PÈRE NOËL A 29 ANS

La rousse qui croyait au père Noël a 29 ans est chronologiquement le tome 1 de cette série humoristique. Comme je l'ai indiqué précédemment, vous pouvez le lire après le tome que vous venez d'achever.

Cendrelle est responsable de la parfumerie du Grand Bazar de Paris et célibataire par intermittence depuis cinq ans. Le 1ᵉʳ janvier 2000, elle prend deux décisions :
    1. arrêter les histoires foireuses ;
    2. faire du théâtre.
    Car est-il raisonnable à 29 ans de ne plus croire au père Noël ?

Ce recueil, issu de la novélisation de mes scénarios de courts-métrages, comporte quatre histoires :

L'école des anges, *comédie* : Gabriel, apprenti ange, passe son examen de fin d'études. Il a vingt-quatre heures pour gagner la confiance de Zach, petit truand sans foi ni loi. Mais comment y parvenir alors que celui-ci ne peut ni le voir ni l'entendre ?

Le bon numéro, *dystopie* : une jeune diplômée cherche à ouvrir une confiserie dans un monde où la nature, la littérature et les couleurs ont disparu. Un homme de ménage va bouleverser ses plans.

Love Pizza, *comédie* : lors d'une livraison de pizza Théo, un grand brun au physique spectaculaire, éconduit une jeune effrontée. La fois suivante, il tombe dans un guet-apens.

La police du suicide, *suspense* : désespéré par la mort d'Oscar, Alexandre est décidé à mettre fin à ses jours le soir même. Sa détermination est mise à rude

épreuve quand il croise un sosie du défunt aussi suici-
daire que lui.

~

Le bon numéro et *Love Pizza* sont les novélisations des
scénarios évoqués dans *La rousse qui croyait au père Noël a
29 ans*.

TABLE DES MATIÈRES

Printed in Great Britain
by Amazon

21515995R00081